Windspinne
Luft-
schlange
molche
Sternschnuppen
Schnipper
Himmels-
stürmer
fliegende Fische
Regenratte
Luftpirat (grau)

Luftpiraten –
Im Himmel ist die Hölle los

1. Auflage 2021

ISBN 978-3-7641-5210-9

Lektorat: Emily Huggins
Umschlag- und Innenillustrationen: Lena Winkel
Druck und Bindung: CPI books GmbH
Gedruckt auf Papier aus geprüfter nachhaltiger Forstwirtschaft.
www.ueberreuter.de

Markus Orths

Luft PIRATEN

Band 2

Im Himmel ist die Hölle los

Mit Illustrationen von Lena Winkel

ueberreuter

Inhalt

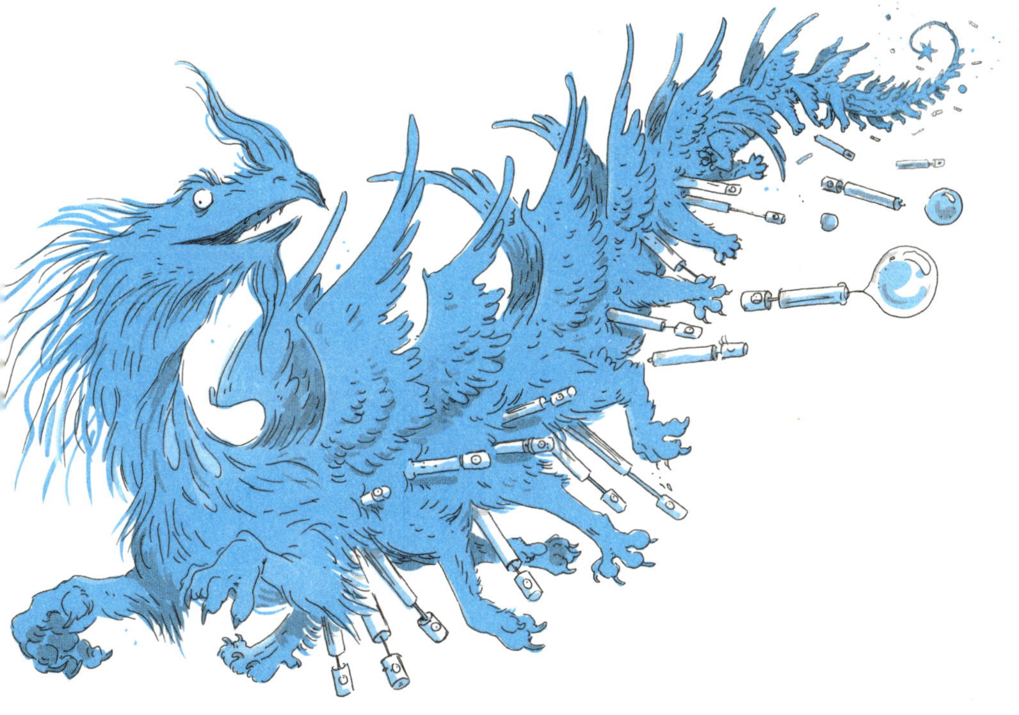

Wer sind die Luftpiraten?

In Ätheria, einer der vielen Städte hoch in der Luft, weit jenseits der Wolken, hausen die Luftpiraten. In ihren Luftlöchern. Wie in Erdlöchern. Griesgrämige Gesellen und Einzelgänger sind das. Sie haben schlechte Laune, brüllen und donnern gern, sind wütend und können Blitze aus ihrem rechten Auge schleudern, wenn sie die Augenklappe öffnen.

Unter ihnen gibt es:

Adiaba

Einziger Lehrer im Johann-Sebastian-Krach-Gymnasium. Eines Tages fand er ein Luftpiraten-Baby. Das Baby war nicht grau wie die anderen Luftpiraten, sondern ein *Weißer Luftpirat*. Einer, der nicht blitzen konnte. Laut Gesetzbuch hätte Adiaba das Kind ertränken müssen. Er brachte es nicht übers Herz und zog es heimlich auf. Der Frohsinn des Weißen Luftpiraten war ansteckend. Adiaba veränderte sich mit der Zeit: Er wurde immer milder.

Zwolle

Der Weiße Luftpirat. Zwolle ist so ganz anders als die übrigen Luftpiraten. Ein friedliches, sonniges Gemüt, ohne jeden Ärger oder Wut in seinem Herzen. Als Zwolles Tarnung aufflog, wurde er gefangen genommen und zum Tode verurteilt. Mithilfe seiner Freunde gelang ihm aber die Flucht.

Franka

Brüllt und blitzt für ihr Leben gern. Sie ist im Gegensatz zu Zwolle voller Zorn. Aber Gegensätze ziehen sich an. Zwolle rettete Franka, und Franka rettete Zwolle. Und beide wurden Freunde. Gemeinsam konnten sie auch Adiaba befreien.

Kaspar

Ein Luftikus. Zwolles bester Freund. Kaspar kann sich in alle möglichen Gestalten verwandeln, am liebsten in einen Drachen. Leider wird er aber nur zwei Meter groß.

Donna Brubu

Mutter von Franka. Die größte Donnerin unter der Sonne. Sie ist Inhaberin der Lufttierhandlung. Plötzlich verschwand sie, von einem Tag auf den anderen. Niemand weiß, wohin. Erst in diesem Buch hier wird ihr Geheimnis endlich gelüftet.

Charley Gottchen

Eine Stimme. Sonst nichts. Man kann eine Stimme nur hören. Nicht sehen. Sie ist unsichtbar. Aber wirklich immer? Charley Gottchen hält sich selber für Gott. Im Grunde genommen aber ist er ein lieber Kerl, der den Freunden half, einen Riesen zu besiegen.

Theo Rättich

Luftpiraten-Professor an der Universität Eboris. Dort gibt es den Elfenbeinturm und einen dunklen Gang, der tief hinab führt in die verbotene Finstere Bibliothek. Rättich ist ganz und gar der Wissenschaft und dem hellen Denken verschrieben. Im Alter ist er sehr milde geworden für einen Luftpiraten.

Bohorok

Der Elektrische Sturm. Hauste als Gefangener seit mehr als 3000 Jahren bei den Luftpiraten in Ätheria. Zwolle konnte ihn aus seiner Schwarzen Röhre befreien. Lebt jetzt in Gestalt eines Raben bei Zwolle. Hat unermessliche Kräfte. Nur vor Wasser muss er sich in Acht nehmen.

Peer Dekret

Ehemaliger Kapitän von Ätheria. Zusammen mit seinen bösen Agenten (den Spiegelglatten) und dem Kugelblitz (Zephyr) jagte er Zwolle und Adiaba. Doch den Kampf gegen Zwolle, Franka, Adiaba, Charley, Kaspar und Theo verlor er am Ende.

Neue Ordnung in Ätheria

Peer Dekret wurde als Kapitän von Ätheria entthront. Sein Nachfolger ist Adiaba. Adiaba sagte den Luftpiraten: »Ihr sollt den Unterschied lernen zwischen einem Sinnlosen Streit und einem Sinnvollen Streit. Ihr sollt lernen, dass man durchaus für eine Sache streiten kann, und zwar gemeinsam. Ihr sollt für ein Ziel miteinander kämpfen, statt für nichts und wieder nichts gegeneinander.« Adiaba möchte fortan immer zwei Luftpiraten zusammen in einem Luftloch wohnen lassen. Bei den stets mies gelaunten Einzelgängern ein gewagtes Unterfangen. Ob das klappt?

1

Was in Luftloch Nummer 11 geschah

Donna Brubu war außer sich. Sie schnappte nach Luft, tobte, fluchte, wetterte und grollte. Es hagelte jede Menge Flüche.

Vor ihr schwebte ihre Tochter Franka. Eigentlich war Donna Brubu mächtig stolz auf sie: ein Musterkind! Eine blitzsaubere Luftpiratin! Ein Gröl-Gör, das alle anderen Kinder locker in den Schatten stellte! Ein Feuerwerk aus Wut und Zorn! So, wie es sich für richtige Luftpiratinnen und Luftpiraten gehört. Denn alle Luftpiraten sind stets mürrisch und wütend, sie suchen immer nur Streit. Und Franka? War ein ganz besonderes Prachtexemplar einer Luftpiratin! Genau wie Donna Brubu. Ihre Mutter.

Doch an diesem merkwürdigen Tag war alles anders.

Kurz nach Frankas Einschulung geschah das Unvorstellbare. Franka *fragte* ihre Mutter etwas! Franka blieb in ihrem Luftloch drei Minuten lang still. Sie brüllte nicht! Sie donnerte nicht! Sie beschwerte und beklagte sich über nichts! Sie stritt nicht mit

Donna! Sie maulte nicht rum! Franka saß ganz ruhig da. Und redete im friedlichsten Tonfall zu ihrer Mutter!

Donna war sprachlos angesichts dieser katastrophal guten Laune ihrer Tochter. Was hatte Franka bloß?

»Warum sind dieses Jahr eigentlich keine Babys gekommen?«, fragte Franka.

»Was?«, dampfte Donna.

»Ich dachte, jedes Jahr kommen neue Luftpiratenkinder. Mit Luftpaketen. So wie ich und Zwolle letztes Jahr. Warum dieses Jahr nicht? Sie müssten längst da sein!«

»Poch! Ab und zu gibt's auch mal eine Flaute. Babypause. Da kommt nix. Keine Ahnung, warum. Aber seit wann interessiert dich denn so ein unwichtiges Zeug!!!???«

Franka ließ sich nicht beirren und fragte ihre Mutter jetzt: »Mama! Was bedeutet eigentlich *helfen*?«

Donna riss die Augen auf bei diesem Wort.

Helfen??? Waaas??? Da stimmte was nicht!!! Donna holte sofort das Fieberthermometer. Und steckte es Franka in den Mund.

»Helfen!!??«, polterte Donna. »Franka!!! Raus mit der Sprache! Woher hast du so ein Schönwort? Helfen! So ein ekelhaft sonniges Wort! Entgegen aller Luftpiraten-Ehre! Von wem hast du das gehört? Sag die Wahrheit! Wer bringt dir solche schönen Wörter bei? Wer hat das gesagt?«

»Zwolle.«

»Zwolle!!!«

»Adiabas Sohn!«

»Adiaba! Dieser nichtsnutzige Lehrer!«

»Zwolle hat mich gefragt, ob ich ihm helfen kann! In der Schule. Heute Morgen!«

»Na warte!«, brüllte Donna. »Jetzt schlägt's dreizehn!«

Donna nahm das Fieberthermometer heraus und schaute nach: 44 Grad. Alles okay! Solange das Feuer und Fieber der Luftpiraten nicht unter 40 Grad sinkt, ist alles im roten Bereich. Erst eine deutliche Abkühlung unter 38 Grad kann gefährlich werden für die Hitze, die in den Herzen und Seelen der Luftpiraten wohnt.

»Das gibt Arrest!«, rief Donna. »Du hast seit drei Minuten nicht mehr sinnlos rumgebrüllt, Franka! Das gibt Hausarrest! Luftlocharrest! Ich sperre dich ein! Und dieser Zwolle! Ich verbiete dir den Umgang mit so einem Weichei! Das ist nichts für dich!! Der lenkt dich nur ab vom richtigen Streiten! *Helfen!* Uaaah! Hat man so was schon gehört! Kein Luftpirat hilft einem anderen! Das wäre ja noch schöner! Wir schlagen uns allein durch! Alle!«

Donna Brubu schloss die Kellertür ab.

Den Schlüssel steckte sie hässlich lachend ein.

Sie öffnete die schwere Tür nach draußen.

Herein sprühte eiskalter, feiner Nebel.

»Du bleibst hier, Franka!«, rief sie. »Allein! Bis ich wieder zurück bin! Strafe muss sein! Du hast Zeit genug, dein Mütchen zu

erhitzen, Franka! Vom Mütchen zum Wütchen! Vom Wütchen zur Wut! Ich will meine alte Tochter wiederhaben, verstanden? Also: Wenn ich zurückkomme, will ich schon von Weitem dein Gebrüll hören! Und wehe wenn nicht! Dann werde ich dich noch viel härter bestrafen!«

Mit diesen Worten schuffelte die erboste Mutter auf ihren Flügelfüßen aus dem Luftloch und zog die Tür knallend hinter sich zu. Die Außentüren der Luftlöcher sind allesamt so groß und wuchtig, dass kein Luftpiratenkind der Welt sie öffnen kann.

So kam es, dass Franka allein im Luftloch zurückblieb. Ohne Essen. Denn sämtliche Nahrungsmittel lagern bei den Luftpiraten im warmen Keller. Und den hatte Donna Brubu abgeschlossen, damit ihre Tochter nicht durch die unterluftigen Gänge würde entfliehen können. Und dann geschah das Unglück.

Donna kam nicht zurück.

Drei Tage lag Franka dort.

Allein. Hungrig. Verzweifelt.

Doch Zwolle und Adiaba retteten sie vor dem Hungertod. Das alles ist bekannt. Es ist die Geschichte von Zwolle, dem Weißen Luftpiraten. Sie ist schon erzählt worden.

Was aber – fragt man sich – geschah mit Donna Brubu?

Warum kehrte Frankas Mutter nicht zurück?

Weshalb ließ Donna ihre Tochter allein?

War ihr etwas Schlimmes passiert?

Und genau hier fängt sie an: die neue Geschichte.

2

Der Große Potz

Donna musste ihrem gewaltigen Ärger Luft machen. Das ging am besten auf den Wolken. Weit unter den Luftlöchern. Zu denen schuffelte Donna jetzt auf ihren Flügelfüßen, nachdem sie Franka im Luftloch eingeschlossen hatte. Donna hoffte, dass sie dort unten auf einen anderen Luftpiraten träfe, mit dem sie einen Streit vom Zaun brechen könnte.

»Na, du Wolken-Heinz!«, rief Donna der erstbesten Wolke zu, über der sie schwebte.

»Heiße nicht Heinz, heiße Hihihilde«, stotterte die Wolke.

»Hihihi!«, dröhnte Donna. »Hihihilde!«

»Wawawas willst du hier?«, fragte die Wolke.

»Ich warte auf einen Gegner!«, sagte Donna.

Die Wolke erbleichte: Sie wurde *noch* weißer. »Auf einen Lululuftpiraten?«

»Auf was denn sonst, du Mimimilchgesicht!«

»Bibibitte nicht!«, flötete die Wolke.

»Bibibibibibi!«, rief Donna. »Reiß dich zusammen!«

»Aber dadadann brüllt und blitzt ihr durch mein Kleid. Durch mein weiweiweißes Wolkenkleid, mein schönes.«

Da riss Donna ihr linkes Auge auf. Dort oben hutzelte etwas durch die wehenden Lüfte. In einiger Entfernung noch. Ja! Ha! Ein Luftpirat! Ein wirklich großer Luftpirat! Mit einem kapitalen Schlapphut auf dem Kopf! Donna rieb sich die Hände. Den würde sie sich schnappen.

»He!«, rief sie nach oben.

Der Luftpirat blieb kurz in der Luft schwebend stehen. Schaute hinab. Zur Wolke, über der Donna Brubu hin und her hutzelte.

»Was geht ab, du Blitzniete!?«, rief der Luftpirat nach unten.

»Suchst du Streit?«, schrie Donna Brubu zu ihm hoch.

»Na immer, Kleines!«

»Kleines!!!??? Na, warte, du Sack, du! Komm doch her, wenn du dich traust!!«

Donna glühte. Dampf quoll ihr aus den Ohren. Auf ihrer Stirn schimmerte Schweiß. Ihr Gesicht lief violett an. Sie ballte die Fäuste und stieß einen markerschütternden Schrei aus.

Der andere lachte. »Ist das alles?«, rief er. »Hör zu. Geh doch lieber nach Hause, Kleines. Mit Murmeln spielen. Die kannst du vielleicht erschrecken mit deinem Brüllerchen. Mich nicht!«

»Dich nicht? Wer bist du überhaupt, du Käsekrümel?«

»Ich?«, rief der Luftpirat. »Nun, mein Name ist Potz! Man nennt mich: Der Große Potz!!«

Donna musste schlucken. Der Große Potz! Alle Luftpiraten kennen seinen Namen. Eine Legende! Die Dunkelgestalt unter den Luftpiraten. Einer, der andere Luftpiraten so sehr hasst, dass er nicht mal in einer der Luftstädte wohnt. Sondern ein eigenes Luftloch besitzt, riesig, dunkel und voller Pokale vom Wett- und Wetterblitzen. Der Große Potz! Donna schnaufte lautlos.

»Da hat's dir die Sprache verregnet, was, Kleines?«, rief der Große Potz. »Also schön. Wenn du dich entschuldigst!«

»Waaas?«

»Bei mir!«

»Wooo?«

»Dafür, dass du mich gestört hast!«

»Wiiie?«

»Dann lass ich dich gehen! Ohne dir ein Härchen zu krümmen. Du klapprige Gewitterziege! Du Blitzbäuerchen!«

Sich entschuldigen ist eine der schlimmsten Erniedrigungen für Luftpiraten: Niemals schlüpft einem Luftpiraten freiwillig ein Wort der Entschuldigung über die Lippen! *Entschuldigung* war ein noch größeres Schönwort als *Hilfe!*

Für gewöhnlich streiten sich Luftpiraten auf den Wolken, um einen Streitsieger zu ermitteln. Beim Großen Potz aber, dachte Donna Brubu, wusste man nie, was passiert und wie geladen er war. Vielleicht schleudert er einen tödlichen Blitz? Mitten in Donnas Luftpiraten-Herz?

Doch schon hörte Donna Brubu den Großen Potz rufen: »Na, was ist jetzt, Alte? Holst du dir deine Abfuhr oder nicht?«

Und in Donna wurde jeder weitere Gedanke an Gefahr verschluckt von der Finsternis, die in ihr waberte, diese dunkle Energie, diese schwarze Kraft des Zorns, die sich Luft verschaffen musste, stets und ständig. »Ich bin bereit!«, brüllte sie. »Ich bin Donna Brubu! Die mächtigste Brüllerin in ganz Ätheria! Meine Blitze zerkrümeln dich in deine Einzelteile, du Hotzen-Potz!«

»Hohoho!«, machte der Große Potz höhnisch.

Der Streit begann so, wie ein Streit unter Luftpiraten immer beginnt: mit einem Wortgefecht. Der Große Potz und Donna schwebten einander gegenüber. Jeder auf einer eigenen Wolke, und sie riefen sich die allerschönsten Sachen zu, die Luftpiraten sich vorstellen können. Und das heißt in ihrer Welt: die allerschlimmsten Beleidigungen.

»Du Lämmchen!«

»Du Sonnenhase!«

»Du Friedenstaube!«

»Du Engelherz!«

»Du Goldlöckchen!«

»Du hast so schöne Augen!«

»Du hast so ein sonniges Gemüt!«

»Du bist so herzallerliebst und reizend!«

»Herzallerliebst?«, schrie Donna. »Waaas? Na, warte! Du … du … du bist das Allernetteste, was ich je gesehen habe!«

»Das Allernetteste!!?? Das wäre ja noch schöner! Nein! Du bist so funkelnd hell und hübsch und zart glänzend wie eine lichte Sternschnuppe, wie ein süßes Regenbogen-Einhorn!«

Regenbogen-Einhorn!? Na, warte! Donna kochte vor Wut. Nur gingen ihr langsam die Schönwörter aus.

»Du Wonneproppen!«

»Du Himmelslicht!«

»Du bist so weich und weiß wie die Milchstraße!«

»Du … du … du *Wolke*!!«, rief Potz.

Donna verstummte. Darauf wusste sie nichts zu sagen. Als Wolke hatte sie noch nie jemand beschimpft. Das war die Höhe! Das war der Gipfel der Beleidigungen. Doch ihr Verstummen war nur der Anlauf zu einer neuen Phase des Luftpiraten-Kampfes.

Denn jetzt wurden keine Worte mehr gewechselt, jetzt wurde nur noch gebrüllt und gedonnert, aus allen Rohren. Jetzt ging es nicht mehr um das, *was* man brüllte, sondern nur noch um die nackte Lautstärke. Donna machte den Anfang und brüllte etwa halb so laut, wie sie konnte, denn man musste sich von Brüller zu Brüller steigern. So lange, bis einer der beiden den anderen ganz überbrüllt hatte.

Der Wolke namens Hilde graute vor diesem Augenblick. Jede Wolke kann durch die heiße Luft aus den Lungenflügeln der Luftpiraten in Stücke gerissen werden. Und beim Blitzen wird das Wolkenkleid durchlöchert. Die Wolke Hilde zitterte vor Angst. Sie lief – vor Grauen – grau an, ballte sich zusammen, so fest wie möglich. So eine Wolke ist luftig und leicht, zart und zerbrechlich: Sie wollte auf keinen Fall verweht werden. Verweht werden, das tat weh, wie der Name schon sagte. Angstschweiß und Tränen der Wolke sammelten sich zu einer gigantischen Pfütze am Bauch, und schon brach es aus ihr heraus. Sie konnte nichts dagegen tun, das Wasser floss in Strömen zur Erde: Es regnete.

Das Donnern der Luftpiraten wurde lauter. Das wortlose Brüllen und Anschreien. Wie die Geweihe von kämpfenden Hirschen krachten die Brüller der Luftpiraten gegeneinander. Immer und immer wieder. Sie röhrten, johlten, dröhnten und orgelten. Das rumste, rumpelte, rumorte und rollte. Das polterte, knatterte, lärmte und brauste. Das krachte, posaunte, toste und knallte. Das schepperte, klapperte, prasselte und klatschte. Die beiden blähten ihre mächtigen Knollenbrüste und kallabasterten aus Leibeskräften, ohrenbetäubend, lungenerschütternd, ohne Pause, ein Gebrüll jagte das andere, und die übrigen Luftpiraten weit über ihren Köpfen wussten jetzt: Ach so, heute ist wieder Donnerstag.

Donna Brubu hatte viel Erfahrung mit solchen Kämpfen auf den Wolken: Sie hatte bislang jedes Gefecht gewonnen. Meistens schon mit ihren gigantischen Brüllern, spätestens jedoch mit ein paar Blitzen. Jetzt aber geschah etwas, das Donna innehalten ließ. Da stimmte etwas nicht mit ihrem linken Auge. Nur mit dem linken Auge können Luftpiraten sehen. Das rechte Auge ist fürs Blitzen da. Und ist schon bei der Geburt von einer Augenklappe bedeckt. Jetzt hatte Donna mit einem Mal das Gefühl, ihr linkes Seh-Auge fülle sich mit einer dunklen Flüssigkeit. Von unten nach oben stieg und brodelte da etwas hoch und trübte den Blick. Wie Tinte in einem winzigen Glas stieg die Flüssigkeit höher. So etwas hatte Donna noch nie erlebt. Sie vergaß sogar für einige Sekunden ihren Gegner Potz. Ein erster, entrüsteter Blitz zischte knapp an Donna vorbei.

Das schwarze Augenwasser stieg höher und höher, es war, als liefe ihr Auge voll, als schöben sich dunkle Tränen in den Blick.

»Moment!«, rief Donna und hob die rechte Hand, um den Streit zu unterbrechen. »Augenblick!«

Aber es gab jetzt keinen Augenblick mehr. Kein Blick kam ihr mehr aus dem Auge. Ihre Sicht war erloschen. Kalt und schwarz schimmerte es. *Donna konnte nichts mehr sehen!* War sie erblindet?

Sie schüttelte sich. Rieb sich durchs Auge. Nichts. Es wurde nicht besser. Sie erschrak zu Tode! Blind??? Nein!!! Sie wollte *sehen*!!! Unbedingt! Jetzt! Aber es ging nicht mehr.

Panisch schob Donna die Augenklappe hoch auf die Stirn. Wenigstens einen Blitz werfen! Aber auch das gelang ihr nicht. Es kam kein einziges Fünkchen! Stattdessen schimmerte auch Donnas rechtes Auge dunkel, wie von einem Vorhang bedeckt. Nicht mehr sehen mit dem linken Auge! Nicht mehr blitzen mit dem rechten Auge! Sie war verloren!

In ihrer Verzweiflung jagte Donna mit all ihrer Kraft einen Brüller aus der Kehle. Einen gigantischen Schrei, einen Schrei, der noch über tausend Kilometer entfernt zu hören war, einen Schrei, wie ihn noch nie jemand gebrüllt hatte in ganz Firmament.

Alles in Donna schrie zum Himmel!

Es musste einfach aus ihr raus.

Und dann geschah etwas überaus Seltsames: Am Ende dieses fürchterlichen Schreis ruckte und kratzte noch etwas anderes ihre Kehle hoch, über ihre Zunge und durch die Lippen nach draußen, an die Luft. Etwas Kleines, aber sehr Lebendiges. Es flatterte vor Donnas Lippen in der Luft und knurrte kurz. Donna konnte das Wesen nicht sehen, das aus ihrem Innersten geschlüpft war. Sie hörte nur das düstere, unheimliche Knurren. Und spürte den Luftzug des Flügelschlags in ihrem Gesicht.

Blind griff sie nach dem, was sie da ausgespuckt hatte. Sie erhaschte etwas, das sich rau und feucht und spitz anfühlte, doch dann spürte sie einen Stich, einen kurzen, heftigen Schmerz im Unterarm. Das Wesen hatte sie gestochen, vor Schreck ließ sie es los, und das Wesen flutschte ihr aus der Hand, entwischte und flatterte davon: Donna Brubu hörte noch ein heiseres, schauriges, feurig-böses Lachen, und dann war es still um sie her und das Wesen anscheinend verschwunden.

Der Große Potz hatte alles mit angesehen. Er schwebte über der Wolke wie vom Donner gerührt. Vom mächtigsten Donner, der ihm jemals zu Ohren gekommen war. Diese wahnsinnige Luftpiratin!, dachte er. Was für ein Brüll-Halleluja! Irre, was die wilde Hexe draufhatte! Potz war mehr als beeindruckt. Er war begeistert. Was für eine Schreikraft! Der Große Potz musste anerkennen: Das war lauter, viel lauter, als er selbst je kawummt hatte! Aber der Große Potz war nicht empört. Nein. Er lächelte. Rührte sich nicht. Schaute auf Donna. Strahlte. Was für eine Erscheinung! Violett! Wild! Laut! Fantastisch!

Da sah der Große Potz etwas Merkwürdiges. Mit dem letzten Hauch dieses gigantischen Schreis rutschte Donna Brubu etwas aus den Lippen. Seltsam, dachte Potz. Was ist das? Klein wie eine Kröte, aber tiefschwarz. Es hatte große, sternförmige, glühende, böse Augen, aus denen es finstere Blicke warf, es knurrte und flatterte mit vier dreckigen Flügeln, die eher wie Stummel aussahen. Das Wesen besaß einen Schwanz mit scharfer Spitze. Jetzt schnappte Donna Brubu nach dem Wesen, doch das kleine schwarze Biest peitschte mit dem Schwanz durch die Luft und stach Donna in den Arm. Sie ließ das Wesen fahren, es flog in mörderischem Tempo davon, schon war es durch die Wolke abgetaucht. Der Große Potz hörte noch ein böses, hässliches, lachendes Wiehern. Dann war es still.

Momentchen!, dachte der Große Potz plötzlich, und sein Blick trübte sich wieder, seine Augenbrauen wandelten sich in giftige Wutwürmer. Was war hier los!? Nein! Nein! *Er* war doch hier die Nummer eins unter den Piraten!! *Er* musste doch Donna Brubu besiegen. Sonst wäre es aus mit seiner Karriere als größter Blitzer und Brüller aller Zeiten! Aufhören musste diese plumpe, dumme Bewunderung für Donnas gigantischen Brüller! Sofort aufhören! Der Große Potz – wütend über sich selbst – riss mit einem Ruck seine Augenklappe hoch und schleuderte einen seiner berühmten Potz-Blitze mit aller Wucht und Härte auf seine Gegnerin.

Donna wurde schwer getroffen. Der Blitz durchbohrte ihre Schulter. Sie schrie auf. Ihr Körper wurde herumgerissen. Sie kippte nach hinten. Und fiel. Durch die Wolke hindurch. Nach unten. Ihre Flügelfüßchen konnten sie nicht mehr halten.

Schon spürte Donna einen Sog. Etwas zerrte an ihr, zog sie in eine bestimmte Richtung. Sie taumelte in einen Tunnel. Sie wusste, das war eine Luftsäule, von innen hohl. Durch so eine Luftsäule wurde man in eine der vielen Strömungen gesaugt, die am Himmel herrschen. Luftströmungen. Und ein paar Sekunden später endete der Tunnel, Donna wurde gepackt von einem mächtigen Wind, tatsächlich, eine Luftströmung, die sie mit sich riss. Sie lag im Windzug und musste sich der rasanten Strömung überlassen, die sie immer weiter durch die Lüfte schoss, auf der vorgegebenen Bahn. Donna Brubu konnte nichts dagegen tun.

In der Strömung liegend betastete sie ihre Wunde: Der Große Potz hatte die linke Schulter glatt durchschossen. Heißes Luftblut blubberte heraus. Schnell riss Donna einen Fetzen vom Umhang und verband die Wunde, so gut es ging. Sie betastete auch den Stich oder Biss im Unterarm. Ein kleines Loch nur. Kein Blut. Zuletzt holte Donna ihr Notfall-Fläschchen mit Hagelsaft aus der Tasche. Das haben Luftpiraten immer dabei. Im Gegensatz zum gewöhnlichen Hagelsaft, den man wie Limonade trinken kann, ist das Notfall-Getränk ein Hagel-Vollkorn-Saft, ein regelrechtes Rettungswasser, ein Gebräu, das wahre Wunder wirkt. Um diesen Saft herzustellen, muss man frische Hagelkörner (unbedingt Hagel-*Voll*-Körner!) über einer Blitzflamme kochen und eine Handvoll Liebstöckel hinzufügen, deren Geschmack Luftpiraten hassen. Der Hagelsaft würde Donna benebeln und umnachten und in eine lange Ohnmacht schicken. Und während sie tage- oder gar wochenlang schlief, würde die Wunde langsam wieder heilen und zuwachsen.

Donna kippte das ganze Fläschchen auf einen Ruck. Dabei hielt sie sich die Nase zu. Liebstöckel schmeckte für gewöhnlich zum Kotzen. Doch merkwürdig: Als sie die Finger von der Nase nahm, klang der Nachgeschmack des Liebstöckel glockenklar und wohlriechend in ihrer Kehle. Sofort fühlte sie sich besser. Aber zugleich unendlich müde. Langsam schwanden ihre Sinne. Das linke Auge klappte zu: Mit ihm konnte sie ohnehin nicht mehr sehen. Das rechte Auge klappte zu: Mit ihm konnte sie ohnehin nicht mehr blitzen. Da spürte Donna Brubu plötzlich so etwas Ähnliches wie ein Licht in sich selbst. Etwas, das sie nicht kannte. Warm und glänzend wie ein Sonnenstrahl, der durch dunkelgraue Wolken blinzelt.

Franka!, dachte Donna Brubu. Sie ist allein! Im Luftloch! Eingeschlossen! Sie ist verloren! Sie wird sterben! Ohne mich! Sie hat keine Nahrung. Meine Tochter. Sie muss leben! Sie ist einmalig. Ich lie… lie… liebe sie! Und Donna erschrak. Über diesen Gedanken. Über dieses Gefühl. Dieses Fremdgefühl.

Liebe?

Da spürte sie Tränen, die sich aus den geschlossenen Augen quetschten: fette schwarze Kullertränen. Und mit jeder schwarzen Träne, die Donna aus sich herausweinte, konnte sie wieder besser sehen. Sie atmete auf. Also war sie nicht erblindet! Zum Glück! Nein! Ihr Blick war nur getrübt worden, kurzzeitig verschleiert: von diesen seltsamen schwarzen Tränen. Erleichtert darüber und unendlich erschöpft glitt Donna in einen langen, tiefen Schlaf.

3

Wo Krokodile gerne lauern

Als Donna zu sich kam, wurde sie immer noch durch die Lüfte geweht. Sie fühlte sich schwach. Höllische Schmerzen klopften in ihrer Schulter. Donna öffnete langsam die Augenlider und blinzelte vorsichtig: Ja! Sie konnte wieder sehen! Mehr noch: Die Augenklappe ihres Blitzauges trug Donna immer noch auf der Stirn, und sie sah jetzt *mit beiden Augen*. Sowohl mit ihrem linken Seh-Auge als auch mit ihrem rechten Blitz-Auge! Wenn auch die Sicht ein klein wenig getrübt war.

Und ihre Schulter? Donna wickelte den Verband ab. Der lange Heilschlaf hatte Wirkung gezeigt. Die Schulterwunde war beinah komplett zugewachsen. Das Loch im Arm vom Stich des kleinen Wesens war immer noch da. Ein schwarzer Rand lag um das Loch. Aber es schmerzte nicht. Donna zuckte mit den Schultern.

Sie dachte an Franka. Ihre Tochter. Gefangen im Luftloch. Wie lange schon? Seit einer Woche? Drei Wochen? Vier Wochen? Donna hatte keine Ahnung, wie viel Zeit verstrichen war. So viel eben, wie die Wunde gebraucht hatte, um zu heilen. Luftpiraten können, wenn sie den Hagel-Vollkorn-Saft trinken, bis zu einem Monat in der Wundstarre verbringen. Ohne Nahrung und Wasser. So wie Bären im Winterschlaf.

Ob Franka noch lebte? Eins war klar: Donna musste so schnell wie möglich zu ihr, nach Ätheria. Nur: Allein und aus eigener Kraft hier rauszukommen, aus diesem heftigen Wind, würde nicht einfach werden. Sie musste zunächst etwas essen. Trinken. Sich stärken.

Die Luftströmung riss sie immer noch mit sich fort, mit einer Geschwindigkeit von etwa einhundert Stundenkilometern, so schätzte Donna. Hier oben waren die Winde oft furchtbar schnell, viel schneller als auf der Erde. Diese schnellen Winde nannte man auch Himmelsbesen. Der Wind, von dessen Strömung Donna getragen wurde, blies eine Zeit lang geradewegs nach oben, dann gab es plötzlich einen heftigen Richtungswechsel: Er machte eine Kehrtwende um 180 Grad und blies wieder nach unten. Nach einiger Zeit folgte eine zweite Wende: Es ging wieder nach oben. Ein endloser Kreislauf. Mit zwei Richtungswechseln. Auf diese Weise entfernte sich Donna nicht sonderlich weit von Ätheria.

Am Ufer der Strömung standen immer wieder einige Bäume mit Himmelbeeren. Donna ruderte vorsichtig an den Rand der Strömung und schaffte es tatsächlich, im Vorbeirauschen Zweige abzureißen. Die Zweige waren triefnass von Kondenswasser, das Donna sofort abschleckte. Es tat sehr gut. Die Beeren schmeckten köstlich süß, erfrischend. Donna aß auch die Zweige und Blätter. Und mit jedem Bissen schöpfte sie mehr Kraft.

Nur: Wie käme sie hier raus? Sie steckte einen der Zweige aus der Strömung hinaus an die Frische-Luft. Sofort zerknickte die Spitze. Das war die Gefahr: Würde Donna ihren Kopf oder ein anderes Körperteil aus der Strömung strecken, dann würde es abgerissen werden. Durch den heftigen Unterschied zwischen einhundert Stundenkilometern Windgeschwindigkeit *im Innern* der Strömung und null Stundenkilometern *draußen*.

Von Zeit zu Zeit flog sie an Luftsäulen vorbei, die aussahen wie die Öffnungen von Tunneln, entweder über ihr oder unter ihr: die einzigen Ausgangs- und Eingangsmöglichkeiten. Donna beobachtete, wie durch die oberen Tunnel immer wieder kleine Schäfchenwolken in die Strömung hineingesaugt wurden. Diese Wolken blökten und heulten. Deshalb nannte man sie Heulsusen. Es stimmte auch: Sie weinten die ganze Zeit. Die Wölkchen flogen nur ein Stück mit, ehe sie an einer der unteren Luftsäulen wieder blökend und heulend aus der Strömung flohen. Das fiel ihnen nicht schwer, denn sie sackten nach unten, weil sie schwer genug waren durch ihre unendlichen Tränenmassen, die sie mit sich schleppten und abregneten: Auf diese Weise entstand unterhalb der Monsunströmung der Himmlische Regenwald. In welchem es stets regnete. Wegen der Heulsusen. Die immerzu heulten. Ein perfekter Kreislauf der Natur.

Auch für Donna wäre ein Tunnel nach unten die einzige Möglichkeit, aus der Strömung zu gelangen. Sie versuchte es. Sobald ein Tunnel unter ihr auftauchte, griff sie nach dessen Rand. Wollte sich festhalten. Aber es gelang nicht: Sie flog einfach viel zu schnell.

Da hörte sie plötzlich eine Stimme über sich, eine näselnde Stimme. »Hallöchen! Guten Morgen, du violette Luftpiratin da unten! I-hich! Hihi! Hallo! I-hich bin es! Ich bin da! Ich bin hier! Ich bin, der ich bin! Ich bin der Größte! Ich bin der Einzige! Der Allerallermächtigste!«

»Was sagst du?«, murmelte Donna Brubu ruhig und ungewohnt freundlich und drehte sich in alle Richtungen, aber weder in der Strömung noch in der Frischen-Luft jenseits der Strömung war irgendetwas oder irgendjemand zu erkennen.

»Du bist gefangen in einem Monsunstrom!«, rief die Stimme. »Puuh. Ganz schön schnell weht der Monsun. Ich muss ordentlich Gas geben, um mitzuhalten.«

»Wer bist du?«, fragte Donna.

»Ich? Och, ich! Ich bin eine Stimme. Ich bestehe aus Schall. Deshalb fliege ich auch so schnell wie der Schall. Wenn's sein muss, noch schneller! Ich bin Charley Gottchen.«

»Und wo steckst du?«

»Keiner kann mich sehen. Wie auch? Keiner kann eine Stimme sehen. Eine Stimme ist eine Stimme. Ein reines Hauch- und Geist-Wesen. Man kann sie nur hören. Aber jetzt sag an: Bist du Donna Brubu?«

»Ja. Woher kennst du meinen Namen?«

»Bingo! Deine Tochter schickt mich. Ich soll dich suchen!«

»Franka? Ist sie wohlauf? Geht es ihr gut? Sie ist allein in Luftloch 11. In Ätheria. Seit … wer weiß wie lange schon!«

»Keine Sorge! Franka ist befreit worden. Das heißt, Zwolle hat sie befreit. Pass auf. Ist ’ne Menge passiert, was du wissen musst!«

Charley Gottchen plapperte nun munter drauflos und erzählte Donna alles, was geschehen war in der Zeit, die Donna in ihrem Heilschlaf verbracht hatte. Das mussten knapp vier Wochen gewesen sein. Charley erzählte vom Weißen Luftpiraten Zwolle, einem friedfertigen, liebenswürdigen, ganz und gar untypischen Luftpiraten. Amadäus Adiaba hatte ihn heimlich bei sich aufgezogen. Leider kam alles ans Licht, und Zwolle und Adiaba wurden verhaftet. Franka, Donnas Tochter, und der Luftikus Kaspar befreiten Zwolle, und auch Adiaba konnte gerettet werden. Am Schluss wurde der Kampf gewonnen gegen Peer Dekret, den bösen Kapitän der Luftstadt Ätheria. Charley erzählte natürlich alles viel ausführlicher, denn er liebte das Erzählen, und Donna Brubu hörte andächtig zu.

»Aber«, brummte Charley, als er geendet hatte. »Etwas ist äußerst merkwürdig.«

»Was denn?«

»Bist du wirklich Donna Brubu?«

»Ja.«

»Man hat mir gesagt, du bist die wildeste Luftpiratin in Ätheria. Scheinst mir aber im Gegenteil sehr nett und brav zu sein.«

Donna dachte nach. Ja, das stimmte. Seltsam. Sie suchte nach einem Fünkchen Wut in sich. Fand aber nichts. Alles erloschen.

»Rühr dich nicht von der Stelle!«, rief Charley. »Ich hole Verstärkung. Wir können dich befreien. Wir wirbeln ein bisschen kalte Luft auf, kein Problem. Auf der kalten Luft kannst du ein Stück nach oben surfen. Dann lassen wir ein Seil in den Lufttunnel hinein. Du schnappst es dir. Wir ziehen dich hoch. Kinderspiel! Also! Juhu! Mach dir keine Sorgen! Alles Gute! Bis bald! Ciao! Grüß Gott! Ach nein, das bin ich ja selber!«

Charley Gottchen zischte ab. Jedenfalls war er nicht mehr zu hören. Und wenn eine Stimme nicht zu hören ist, ist sie auch nicht da. Donna holte ein wenig Dunkel-Dinkel aus ihrer Umhangtasche und aß die Körner zur Stärkung. Auch, um wieder dunkler zu werden, wütender, zorniger. Aber das Dinkel-Zeug schmeckte ihr nicht mehr. Sie spuckte es aus. Erneut schlief sie ein.

Als Donna Brubu das nächste Mal aufwachte, ging es ihr schon erheblich besser. Hagelsaft, Heilschlaf, Kondenswasser, vor allem aber die Nachricht, dass Franka lebte: All das hatte sie gestärkt. Aber Augenblick mal, dachte sie. Franka lebte? Wer genau hatte das gesagt? Donna Brubu kamen Zweifel. Wie? Was? Eine Stimme hatte zu ihr gesprochen? Charley Gottchen? Was war das für ein Kerl? Ich bin der Einzige!, hatte er gequakt. Donna dachte: Das hab ich doch bloß geträumt. Das ist gar nicht wirklich geschehen. Ich hab mir solch eine Nachricht nur erhofft! Und jetzt? Nein, ich kann nicht auf die Hilfe einer Stimme warten! Ich muss so schnell wie möglich selber hier raus! Ich muss mir was einfallen lassen.

Ohne weiter nachzudenken, riss Donna ein langes Stück Stoff von ihrem Umhang und band es fest um ihr Handgelenk. Es war etwa drei Meter lang. So lang wie ihr Umhang. Sodann riss Donna das nächste Stück vom Umhang und knüpfte es ans Ende des ersten. Und so weiter. Auf diese Weise zerfetzte Donna Brubu ihren ganzen Umhang in zehn Streifen. Und stellte ein starkes Seil her, das etwa dreißig Meter maß. Sie knotete das Ende des Seils zu einer Lasso-Schlinge.

Jetzt kam der schwierige Teil. In vollem Flug musste sie ihr Lasso werfen. Sie versuchte es unzählige Male. Ohne Erfolg. Immer wenn sich ein Tunnel näherte, schwang sie das Lasso und schleuderte es zu einem der Bäume, die in der Nähe der Luftsäulen wuchsen. Aber das Lasso verfing nicht. Oder es ließ sich nicht stramm ziehen. Donna blieb ganz ruhig, friedlich und geduldig. Das überraschte sie sehr. Wo war all die Wut hin? Der Zorn hatte sich in Luft aufgelöst, war aus ihr gewichen wie der Atem eines Ballons. Wo waren Streitlust und Ungeduld? Verschwunden! Stattdessen spürte sie tief in sich etwas Neues. Friedfertigkeit. Lebensfreude. Gelassenheit. All das, was sie immer gehasst hatte! Jetzt lag es in ihr wie ein Schatz, funkenhagelneu.

Donna warf das Lasso. Sie warf es. Und warf es. Und warf es. In aller Ruhe. Und es klappte nicht. Es klappte nicht. Es klappte nicht. Aber sie warf weiter. Und weiter. Und weiter. Und dann. Endlich. Schaffte sie es! Ja! Vielleicht erst beim hundertsten Mal? Sie hatte nicht mitgezählt. Da flog das Lasso zum Baum, der direkt neben einer Luftsäule stand, die Schlinge legte sich um einen kräftigen Ast und zog zu. Donna hatte das Lasso kurz gefasst. So flog sie nur drei Meter weiter, ehe sie einen mächtigen Ruck spürte. Donna klammerte sich ans Seil. Der Baum hielt! So ein Himmelbeerbaum hat mächtige Luftwurzeln. Langsam zog sich Donna Brubu an ihrem selbst gebastelten Seil Richtung Baum und Tunnel. Immer der Strömung entgegen. Das war nicht leicht. Mit Geduld und Pausen erreichte sie den Baum und schnaufte durch.

Der Tunnel zeigte nach unten. Also musste Donna sich am Seil ablassen. Ihre Flügelfüße wären – nach einem so langen Heilschlaf – sicher eingeschlafen, eingerostet, unbeweglich und steif.

Erst in ein paar Tagen würde Donna wieder richtig hutzeln können.

Donna tastete sich um den Baum herum. Zum Glück stand er direkt neben dem Tunneleingang. Donna legte sich auf den Bauch und schob sich – Beine voran – in den Tunnel hinab. Dabei hielt sie sich an den Luftwurzeln des Baums fest. Es klappte gut. Sie merkte, wie die Monsunströmung über ihr langsam an Kraft verlor. Schon lag Donna halb im Tunnel. Sie hielt sich am Seil fest und ließ sich langsam hinab, Stück für Stück.

Jedenfalls war das ihr Plan.

Doch schon nach zwei Metern hörte Donna in ihrem Rücken ein Geräusch. Ein Schnüffeln und Klappen und Schmatzen. Sie fuhr herum. Hinter ihr lag ein fettes Monsunkrokodil auf der Lauer. In der Luftsäule schwebte es, faul und träge und riesig. Monsunkrokodile sind zwar groß, aber genauso schwer oder leicht wie Luft, daher paddeln sie mit ihren Füßchen wie Menschen in der Schwerelosigkeit.

Donna zuckte zusammen. Sie war zu schwach für einen Kampf gegen ein Monsunkrokodil. Das Krokodil machte einen Stoß mit seinen Beinen und schwebte auf sie zu. Es schien zu grinsen. Siegesgewiss. Es öffnete sein Maul. Ein ekelhafter Gestank nach halb verwestem, nicht richtig verdautem Fleisch quoll ihm aus den giftig gelben Zähnen, scharf wie Rasiermesser, spitz und quer durcheinander.

Donna versuchte, ihre eingeschlafenen Flügelfüße zum Hutzeln zu bewegen, aber es klappte nicht. Wenn sie nicht gefressen werden wollte, blieb ihr keine Wahl: Sie ließ das Lasso los und fiel hinab, in den Tunnel hinein, sie sauste am verdutzten Krokodil vorbei, das gerade zubeißen wollte. Es schleuderte den Oberkörper herum und schnappte nach Donna, erwischte nur das Umhang-Seil und biss es in einem Happs durch.

Donna Brubu fiel nach unten. Durch die Luftsäule. Richtung Himmlischer Regenwald. Sie schloss die Augen und bereitete sich auf den Aufprall vor. Und schon krachte sie in die Baumkronen der Urknall-Riesen. Zum Glück waren sie weich und voll grüner Wolkenwatte und federten den Sturz auf. Donna trudelte weiter nach unten. Und blieb stecken in einer großen Astgabel.

Sie lag im Himmlischen Regenwald. Warmer Regen prasselte jetzt unermüdlich auf sie herab. Er stammte von den Heulsusen, die sich über ihr drängelten und sich gegenseitig etwas vorheulten, weil sie ihre Schäfchenherde verloren hatten. Die extrem hohe Tränenfeuchtigkeit sorgte dafür, dass Donna sofort schwitzte, trotz des Regens.

Durch den Sturz war sie ein wenig benebelt, schaute sich aber in aller Ruhe um. Faultiere hingen in den Bäumen, Flughunde sirrten durch die Luft, Meisen flatterten vorbei, zerschnitten die Blätter der Bäume: Blattschneider-Meisen. Hübsch ausschauende gelbe Kanarienvogelspinnen breiteten ihre acht haarigen Beine aus, zwischen denen Federn wuchsen, sie ließen sich gleiten zu den Bromelien, kleine, schwebende Teiche, mit Regenwasser gefüllt, an dem die Spinnen nippten. Donna sah wunderschöne weiße Mondwinden und Wunderblumen, sowie Orchideen und jede Menge Kletterpflanzen, die an ihr vorbeikletterten, hoch hinauf, jedoch kurz vorm Ziel, den Wipfeln der Urknall-Riesen, nach unten purzelten, um wieder von vorn zu beginnen. Das schien ihnen ungeheuren Spaß zu machen. Donna sah prächtige Paradiesvögel, Papageien und Kolibris, die um sie schwirrten, unter ihr hangelten sich Florillas durch die Bäume, winzige Äffchen, die aber irre laut brüllen konnten. Donna war noch nie im Himmlischen Regenwald gewesen. Und sie fand den Dschungel vom ersten Augenblick an betörend schön.

4

Die 13 Stufen der Wut

Da sah Donna Brubu vier Gestalten. Mit schwarz-weißen Gewändern, die bis zu ihren Füßen reichten. Etwa halb so groß wie Donna waren die vier, mit menschenähnlichen Gesichtern. Sie schwebten auf Donna zu. Ihre Arme nach vorn gestreckt, die Hände gefaltet wie zum Gebet. Ihre Haare bedeckt von weißen Tüchern, nein, von kleinen Schleierwölkchen. Die vier ähnelten einander. Mit einer kleinen Nase, leuchtenden Augen, glühenden Wangen und einem runden Kinn. Die beiden, die voranschwebten, waren etwas größer als die beiden, die ihnen folgten. Die Kleineren murmelten die ganze Zeit irgendwas. Eine seltsame Sprache. Als sie nah genug herangeschwebt waren, hörte Donna: »*Asperges me, Domine, hyssopo et mundabor: lavabis me, et super nivem dealbabor. Miserere mei, Deus, secundum magnam misericordiam tuam …*« Und so weiter. Donna verstand nichts davon.

»Könnt ihr mir helfen?«, fragte Donna und zuckte zusammen bei dem Wort *helfen*. Sie erinnerte sich daran, dass sie wegen dieses Schönwortes ihre Tochter Franka eingesperrt hatte.

»Sei uns willkommen«, sagten die beiden vorderen Gestalten wie aus einem Mund, eine helle und eine dunkle Stimme, und auch fortan sprachen sie jedes Wort gemeinsam aus, zeitgleich. »Sei uns willkommen du, von der wir nicht wissen, ob du es bist, auf die wir warten.«

»Was meint ihr?«

»Sei uns willkommen und teile uns mit, was du zu sagen hast. Auf dass wir unsere Entscheidung fällen können.«

»Welche Entscheidung denn? Wer seid ihr?«

»Wir sind die Gottesanbeterinnen. Unsere Namen lauten Wabata und Nukunku. Unsere Kinder hier heißen: Ene und Mene. Wir alle vier warten schon unser Leben lang darauf, dass ein Gott vom Himmel steigt oder … fällt … und sich uns zeigt. Bislang ist dies noch nicht geschehen. Heute aber fielest du vom Himmel in unsere Mitte. Und daher fragen wir dich: Bist du ein Gott? Bist du unsere … Göttin? Bist du vielleicht für uns vom Himmel gefallen? Endlich?«

»Ich?«, sagte Donna Brubu. »Nein. Ich bin keine Göttin. Ich bin eine Luftpiratin. Mein Name ist Donna Brubu.«

Die vier Gestalten schmunzelten. »Das, werte Donna«, sagten Wabata und Nukunku wie aus einem Mund, ja, als wären sie eine einzige Person, »ist leider schwer zu glauben.«

»Warum nicht?«, fragte Donna.

»Nun, Luftpiraten und Luftpiratinnen sind stets und immerdar furchtbar schlecht gelaunte Wesen.«

»Ja. Schon. Ich wundere mich auch. Aber es gibt vielleicht eine Erklärung dafür. Mir ist da nämlich was passiert.«

»Erzähle es uns, wenn wir dich in Sicherheit gebracht haben.«

Die vier umschwebten Donna, lösten sie aus der Astgabel und bugsierten sie ein Stück durch den Regenwald, zu einem Platz, auf dem eine Hütte stand. Sie trugen Donna hinein. Es war schummrig und warm. Donna wurde in ein flauschiges Bett gelegt und umsorgt. Man verband die Schürfwunden vom Sturz, Donna bekam zu essen und zu trinken und fühlte sich von Minute zu Minute besser. Die Kinder der Gottesanbeterinnen murmelten ohne Pause ihre seltsamen Gebete.

»Geht es dir wohler nun, Donna Brubu?«, fragten die beiden Älteren.

Und Donna nickte.

»So bitten wir dich, uns einzuweihen in das Geschehene!«

Donna erzählte den schwarz-weiß gewandeten Gestalten von ihrem Streit mit dem Großen Potz, von ihrem ins Uferlose wachsenden Ärger, von der merkwürdigen Veränderung ihres Auges, diese Erblindung, sie erzählte davon, dass sie jetzt zwar wieder sehen könne, jedoch überhaupt nicht mehr wütend sei, der ganze Zorn in ihr sei wie weggeblasen.

»Oh! Oh! Oh! Oh!«, riefen die vier Gestalten. »Sie ist durch die zwölf Stufen der Wut gestiegen! Die innere Treppe hinauf!«

»Aber«, sagte Donna, »soweit ich weiß, gibt es nur zehn Stufen der Wut.«

»Wir kennen uns aus zwischen Himmel und Wolken«, sagten Wabata und Nukunku wieder mit einer Stimme. »Du hast die elfte und zwölfte Stufe der Wut gemeistert. Du hast die Wandlung geschafft. Du bist jetzt erleuchtet!!«

»Sie ist erleuchtet! Sie ist erleuchtet!«, jubelten die beiden Kleineren und unterbrachen kurz ihre Gebete.

Was Donna wusste: Luftpiraten, die sich über etwas ärgern, können verschiedene Wutstufen erreichen: *Die Zehn Stufen der Wut.*

1. Die hauchzarte Wut (oder das Gekühlte Mütchen)
2. Die luftige Wut (oder das Winzige Wütchen)
3. Die sanftmütige Wut
4. Die leichtfüßige Wut
5. Die glimmende Wut
6. Die warme Wut
7. Die heiße Wut
8. Die kochende Wut
9. Die Hochofen-Wut
10. Die Weißglut-Wut

Doch jetzt erfuhr Donna etwas Neues.

»Wenn man die zehn Stufen der Wut erklommen hat«, so Wabata und Nukunku, »kann man noch zwei weitere Stufen der Wut erreichen und – wenn man es schafft – hinter sich lassen.«

»Von diesen«, flüsterte Donna, »weiß ich nichts!«

»Ja. Die Stufen elf und zwölf. Sofern wir wissen, sind sie noch niemals von einem Luftpiraten oder einer Luftpiratin erreicht worden. Du wärst die Erste, Donna Brubu.«

»Und was sind das für Stufen?«

»Schau, Donna. Die elfte Stufe der Wut ist das Sich-schwarz-Ärgern«, sagten Wabata und Nukunku wie aus einem Mund, während Ene und Mene immer weiter ihre Gebete murmelten. »Dabei steigt einem Luftpiraten eine schwarze Flüssigkeit in die

Augen. Der Ärger gerinnt zu schwarzen Tränen, die dem Luftpiraten jede Sicht nehmen und jede Möglichkeit zu blitzen.«

»Genauso war es bei mir«, sagte Donna.

»Etwas zu sehen, ist dann unmöglich.«

»Ihr sagt es!«

»Siehst du, und auf diese Weise erreicht man die zwölfte und letzte Stufe der Wut.«

»Und die wäre?«

»Nun: Man wird blind vor Wut.«

»Ja! Ich bin blind gewesen. Blind vor Wut. Ich konnte nichts mehr sehen. Das kam durch die schwarzen Tränen?«

»So ist es.«

»Aber was bedeutet das jetzt? Für mich?«, fragte Donna.

»Du hast deine Wut überwunden. Für immer und alle Tage. Du wirst nie wieder wütend sein können. Du wirst von nun an sein: völlig ohne Wut. Auf immer friedlich und lieb. Friedlicher noch als ein Weißer Luftpirat.«

»Aber warum kann ich jetzt wieder *sehen*?«, fragte Donna.

»Hast du die schwarzen Tränen aus dir herausgeweint, die deinen Blick trübten?«

Donna nickte.

»Die schwarzen Tränen rauben dir nur so lange die Sicht, bis du sie ausweinst. Es sind keine Feuertränen, sondern Aschetränen.«

»Oh. Zum Glück!«, seufzte Donna. »Ich habe an meine Tochter Franka gedacht, und da musste ich weinen.«

»Du musstest weinen aus Liebe.«

»Heißt das, ich kann jetzt auch *lieben*!?«, fragte Donna.

»Du hast Franka schon vorher geliebt. Du hast es nur nicht gesehen. Oder nicht zugeben können.«

Donna lächelte endlich.

Doch dann warf sich ein Schatten auf ihre Stirn. Sie erinnerte sich an etwas, an das sie sich nur ungern erinnern wollte.

»Aber«, sagte Donna, »da ist noch etwas anderes passiert. Etwas Seltsames. Als ich mich schwarz geärgert habe. Als ich blind war vor Wut, da habe ich …«

»Ja?«

»Da habe ich … etwas ausgespuckt!«

Alle vier Gottesanbeterinnen zuckten zusammen. Als hätte sie etwas gestochen. Die beiden Kleineren verstummten. Ihre Gebete waren nicht mehr zu hören. Alle vier blickten Donna erschrocken an. Es war totenstill in der Hütte.

»Ein flatterndes Wesen«, sagte Donna. »Ich habe versucht, es zu fangen. Es hatte keine Federn. Es war warm, heiß, glitschig, stachelig, eine Haut hatte das Biest, eine borstige, hässliche, feuchte, klebrige, widerlich spitzige Haut. Ich konnte es leider nicht sehen. Es ist fortgeflogen. Ich glaube, ich habe es lachen hören. Böse lachen. Dann war es weg.«

Wabata und Nukunku, Ene und Mene knieten sich jetzt auf den Boden. Alle vier beteten und murmelten: »Heiliger, allmächtiger Gott, wer immer du bist, so errette uns vor dem unsagbaren Übel, das durch deine unschuldige Dienerin Donna in die Welt gesetzt wurde.«

»Was redet ihr da?«, fragte Donna Brubu.

»Geschehen ist großes Unheil!«, sagten Wabata und Nukunku und erhoben sich langsam. »Donna Brubu, du hast nicht nur die zwölfte Stufe der Wut überschritten. Sondern auch die dreizehnte Stufe!«

»Es gibt noch eine dreizehnte Stufe?«

»Ja. Doch die dreizehnte Stufe ist die verbotene Stufe!«

»Wieso verboten?«

»Die dreizehnte Stufe bringt Unglück. Bringt Schmerzen und Leid. Das hätte niemals geschehen dürfen.«

»Könnt ihr mir sagen, was genau passiert ist?«

»*Du hast dir die Seele aus dem Leib geschrien.*«

»Was meint ihr mit: Seele?«

»Die Seele ist das, was dich ausmacht. Dein Innerstes. Dein Kern. Dein Wesen. Das, was du eigentlich bist. Und das, Donna, was dir aus den Lippen flog, das war sie: deine Seele. Dein Kern. Dein Herz. Du selbst.«

»Wie sieht sie aus, meine Seele?«, fragte Donna.

»Wie sieht es aus, das Innere eines Luftpiraten? Es ist das Böse!

Das Dunkle! Das nur aus Brüllen und aus Streiten besteht. Die Seele eines jeden Luftpiraten ist: ein kleiner Teufel. In den grauen Körpern der Luftpiraten sind die Seelen gut gefangen. Aber deine Seele, Donna Brubu, ist jetzt aus dir herausgeschlüpft. Sie ist draußen! In der Welt! Das Böse! Ein kleines Biest! Noch ist das Böse Biest schwach. Aber es wird wachsen, Donna Brubu. Und dann wird es größer werden. Je größer es wird, umso böser wird es. Das Böse Biest wird alles hassen, was *nicht* es selbst ist. Es wird alles vernichten wollen, was *nicht* es selbst ist. Du hast dir deine böse Seele aus dem Leib geschrien, Donna.«

5

Auf dem Weg in den Regenwald

Ungefähr zur gleichen Zeit, als Donna Brubu die Wahrheit über das Böse Biest erfuhr, saß ihre Tochter Franka in der Luftstadt Ätheria auf heißen Kohlen. Charley Gottchen war gerade dort eingetroffen. Und hatte allen von seiner Begegnung mit Donna erzählt. Und davon, dass sie in einer Luftströmung festsaß.

»Deine Mutter haben wir ruckzuck befreit«, rief die Stimme Charley Gottchen. »Vor allem, wenn ich dabei bin. I-hich! Dann kann sowieso nichts schiefgehen, denn ich bin ja der Größte, der Einzige, der Wahre, ich bin, der ich bin, Freunde, ihr macht euch kein Bild davon, wie ich aussehe, denn ich mach mir selber kein Bild davon, wie ich aussehe, weil ich es gar nicht weiß. Aber geben muss es mich schon irgendwie, denn ich rede hier ja ohne Punkt und Komma, und wer redet, der existiert, und im Anfang war das Wort, und das Wort war und ist immer noch bei mir. Es muss bei mir sein, Leute! Ihr werdet schon sehen, dass eine Stimme viel mehr ist als nur eine Stimme. Dass Worte viel mehr sind als nur Worte. Weitaus mehr als Schall und Rauch.«

»Dann nichts wie los!«, rief Franka. Sie wollte sofort aufbrechen, um ihre Mutter zu retten. Man wusste jetzt, wo sich Donna befand! In einem Monsunstrom! »Worauf wartet ihr Dösköppe?«, zeterte sie. »Donna ist in Gefahr. Habt ihr nicht gehört! Los, ihr Schnarchnasen!«

Weder Franka noch Charley wussten, dass Donna sich schon selbst aus dem Monsunstrom befreit hatte und gerade in einem flauschigen Bett in der Hütte der Gottesanbeterinnen lag.

»So schnell geht das nicht«, murmelte Adiaba.

»Warum denn nicht?«

»Wir müssen erst festlegen, wer von uns *hier* bleibt. Ich werde dich begleiten, Franka.«

»Dann Beeilung!!!«, rief Franka.

»Ich komme mit!«, sagte Zwolle fest.

»Ich auch natürlich!«, rief Kaspar, der Luftikus.

»Was soll *ich* erst sagen?«, näselte Charley Gottchen. »Meint ihr, ich lass mir so ein Abenteuerchen entgehen? Da habt ihr euch geschnitten. Ihr könnt nicht verhindern, dass ich mitkomme! Eine Stimme kann nicht zum Schweigen gebracht werden.«

»Außer durch einen Knebel!«, rief Zwolle und lachte.

»Ein Knebel! Ein Knebel!«, murmelte Charley, erschrocken.

Und Franka fragte: »Was ist denn ein Knebel?«

»Ein Knebel?«, sagte Zwolle. »Ein Knebel ist ein Tuch, das man jemandem um den Mund bindet oder in den Mund steckt, damit er nicht mehr schreien oder sprechen kann.«

»Ein Knebel!!«, jammerte Charley. »Sag nicht das böse Wort! Ein Knebel! Hilfe! Schrecklich! Jämmerlich! Bin ich geknebelt, gibt es mich nicht mehr! Eine Stimme ohne Worte ist doch nichts! Ist doch niemand mehr!«

»Aber«, sagte Zwolle, »um dich zu knebeln, müsste man dich erst mal sehen! Und niemand kann dich sehen. Also kann dich auch niemand knebeln.«

»Das«, sagte Charley ernst, »ist leider nicht richtig.«

»Nicht?«

»Nein. *Seelen* können mich sehen.«

»Was sind Seelen?«

»Seelen sind die geheimen Bewohner der Körper. Wenn Seelen ihre Körper verlassen, können sie mich sehen.«

»Seelen verlassen ihre Körper?«

»Ja. Wenn sie sterben.«

»Auch die Seelen der Luftpiraten?«

»Nein. Die Seelen der Luftpiraten sind schwarz. Sie kommen nicht raus. Das wäre ja furchtbar. Wenn die raus könnten.«

»Und woher weißt du, dass Seelen dich sehen können?«

»Na ja. Um ehrlich zu sein. Ich bin erst drei Seelen begegnet in meinem Leben. Einmal der Seele eines Himmelsstürmers. Die war sehr groß und sehr lieb und voller Flügel. Und dann der Seele eines Luftmolchs. Die war klein und stank furchtbar und bellte frech, aber harmlos, so ganz allein, denn Luftmolche fühlen sich nur im Rudel stark. Zuletzt bin ich der Seele eines Regenbogen-Einhorns begegnet. Die war sehr traurig. Seelen sind scheue Wesen. Aber sie haben mich *gesehen!* Die Seele des Himmelsstürmers hat mir gewunken! Ein Herzchen gemacht. Mit seinen Händen. Die Seele des Luftmolchs hat seine Fäuste geschüttelt und gebellt und Flüche gerufen. Und die Seele des Regenbogen-Einhorns hat mich mit nassen Augen angeschaut. Ich muss sagen: Es fühlt sich gar nicht gut an, gesehen zu werden.«

»Also«, sagte Adiaba. »Viel wichtiger ist die Frage, wer von uns hierbleibt, in Ätheria, und nach dem Rechten sieht und die Piraten in Schach hält. Das muss jemand sein, vor dem sie Respekt haben. Jemand, der über ungeheure Kräfte verfügt …«

»Bohorok!«, rief Zwolle.

In der Tat: Bohorok! Der Elektrische Sturm. In der Gestalt eines golden schimmernden Raben saß er gern auf Zwolles Schulter. Zwolle hatte den Sturm aus einer schwarzen Röhre befreit, und Bohorok hatte Zwolle versprochen, ihm fortan zur Seite zu stehen.

»Wir lassen Bohorok hier!«, rief Zwolle. »Er ist das stärkste Wesen, das ich kenne.«

Bohorok krächzte kurz und steckte seinen Schnabel ins goldene Gefieder. Dort knisterte es, als blitze ein Stromfunken auf.

»Einverstanden«, krähte Bohorok.

»Ich bleibe auch hier«, sagte Theo Rättich, der Professor der Universitätsstadt Eboris.

»Danke!«, rief Adiaba. »Dann ist es also entschieden. Und wann brechen wir auf?«

»Was? Wie? Wann??? Na, jetzt! Sofort! In dieser Sekunde!«, polterte Franka. »Ich hab längst die Satteltaschen gepackt, ihr Säcke! Liegen dort in der Ecke. Mit Essen und so. Es geht los. Sofort! Wer noch aufs Klo muss, kann das draußen tun! An der Frischen-Luft! Aber pieselt bloß nicht gegen den Wind! Beim Ewigen Urknall! Raus jetzt!!«

Mit diesen Worten hutzelte Franka durch ein offenes Fenster des Luftschiffs ins Freie und schwebte stehend in der Luft, sah zurück, in der festen Erwartung, dass alle ihr jetzt folgen würden.

Adiaba seufzte, aber was sollte man machen? Im Grunde hatte Franka recht. Adiaba und Zwolle schnappten die Satteltaschen, schnallten sie an Kaspar fest, der sich zum Drachen gewandelt hatte, und dann schlüpften alle aus dem Fenster. Zwolle drehte sich noch einmal um, winkte und rief: »Mach's gut, Bohorok!«

Der Rabe krächzte.

»Auf Wiedersehen, Theo Rättich!«

»Auf Wiedersehen, ihr Piraten!«, rief Theo.

»Hier entlang! Hier entlang!«, näselte Charley Gottchen. »Ich kenne den Weg. Mir nach!«

Dann schwieg er.

»Wo lang?«, fragte Zwolle.

»Ach so, stimmt, könnt mich ja gar nicht sehen! Gut, juhu, ich muss ja reden, damit ihr mir folgen könnt, palavern, schwätzen, plaudern, schwadronieren, in den Wind sprechen, über mich und die Welt tratschen, ratschen, klatschen! Hach! Eine wahre Freude!! Sprechen, Worte spucken wie ein Wasserfall! Kennt ihr die Geschichte vom Alten Kawumm? Na klar, aber ich erzähl sie euch trotzdem. Also: Der Alte Kawumm lebte …«

Charley hörte von nun an nicht mehr auf zu sprechen, damit die anderen ihn hören und ihm folgen konnten: Zwolle, Franka, Kaspar und Adiaba, auf dem Weg zur Monsunströmung, um Donna Brubu zu befreien.

Adiaba hutzelte hinter Charley her, und Zwolle saß gemeinsam mit Franka auf Kaspar. Er wollte zwar zuhören, was Charley sagte, aber seine Gedanken schweiften ab. Er betrachtete seine weißen Arme und weißen Hände, während er flog. Weiß. Richtig weiß! Er brauchte keine Schminke und keine graue Regenfarbe mehr. Er musste sich nicht mehr verkleiden! Er konnte endlich so sein, wie er war: friedlich und ruhig. Er musste nicht mehr so tun, als sei er ein grauer Luftpirat voller Wut. So wie Franka. Zwolle mochte Franka sehr. Ihr aufbrausendes, überschäumendes Temperament. Das passte einfach zu Franka. Aber er selbst war eben anders. Und Zwolle hoffte, nein, er wusste, dass auch Franka ihn mochte. Weil er so war, wie er war.

»Schaut mal!«, rief Adiaba plötzlich und deutete nach Westen.

Zwolle sah drei geflügelte Einhörner, wunderschön, strahlend, glitzernd, leuchtend weiß.

»Das sind Regenbogen-Einhörner!«, flüsterte Adiaba.

Doch schon spitzten die Tiere ihre Ohren, die Köpfe fuhren herum, und sie stoben fort, in Windeseile.

»Oh, schade!«, seufzte Zwolle. »Ich hätte gern mal so ein Einhorn gestreichelt.«

»Geht nicht. Das sind scheue Tiere«, sagte Kaspar.

»Was bist du denn für ein Windel-Ei?«, rief Franka ihrem Freund Zwolle zu. »Einhörner streicheln? Lächerlich! Auf den Rücken springen und durch die Luft reiten, ja, von mir aus! Ihnen die Sporen geben und sie zum Wiehern bringen! Ab die flotte Lotte! Aber streicheln? Pah!«

Zwolle lächelte. Es war klar: Franka mochte ihn auch. Obwohl sie ständig motzte und maulte und ihn anstachelte, mal aus sich rauszugehen, aber das Maulen war eben Frankas Natur.

Da flog ein Geflügeltes Wort an ihnen vorbei, lauter bunte Buchstaben, die sich an den Händen hielten und zu einem einzigen Satz fügten: »WAS SICH LIEBT, DAS NECKT SICH.«

»Was heißt *neckt*?«, fragte Zwolle.

»*Necken* ist ein anderes Wort für *ärgern*!«, sagte Adiaba.

»Und was heißt *liebt*?«, fragte Franka.

»Oh, das ist schwer zu verstehen«, seufzte Adiaba. »Für dich.«

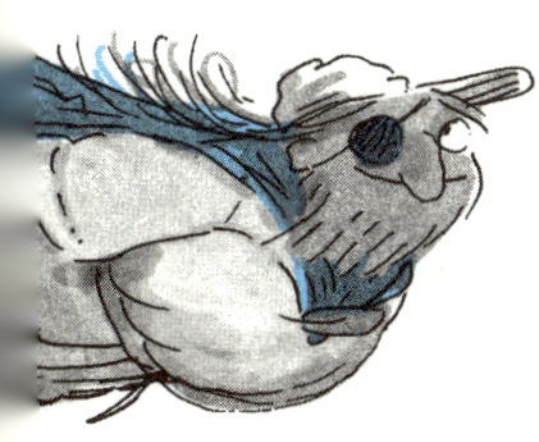

»Ein Fremdwort?«

»Ja. Ein Gefühls-Fremdwort, Franka. Ein Fremdgefühl.«

»Charley!«, rief Franka. »Du alte Labertasche! Erzähl dem Kleinen hier mal was über die Regenbogen-Einhörner.«

»Dem Kleinen?«, rief Zwolle. »Wer nennt mich Kleiner!?«

»Ha, willst du Streit!?«, rief Franka.

Es machte Zwolle inzwischen sogar ein wenig Spaß, mit Franka zu streiten. Weil er wusste, dass Franka dies so sehr mochte. Er hatte enorm viel gelernt von Franka in den letzten Wochen.

»Na klar!«, brüllte Zwolle jetzt, so laut er konnte. »Du Pampelmuse!«

»Äh. Pampelmuse?«, fragte Franka.

»Klingt das nicht schön genug?«

»Nein, Zwolle«, sagte Franka, in einem friedlichen Tonfall, fast wie eine Lehrerin. »So klappt das nicht. Du musst mich schon *richtig* beleidigen. Also zum Beispiel: Heulsuse!«

Zwolle schrie: »Okay! Du bärtige Luftpumpe!«

»Was? Du nennst mich eine bärtige Luftpumpe?«

Der spielerische Streit ging eine Weile so weiter, ehe Charley Gottchen genug davon hatte. Denn er musste ja währenddessen immer noch weitersprechen, damit man ihm folgen konnte, und endlich beendete er den Streit, indem er sagte: »Ihr wolltet doch etwas über die Regenbogen-Einhörner erfahren?«

»Oja«, rief Zwolle. »Gern!«

»Also gut, passt mal auf. Der Regenbogen-Berg liegt weit, weit über uns. Ein Berg aus aufgetürmten Luftschichten ist das. Bin schon zweimal dort gewesen. Ihr wisst, was ein Regenbogen ist?«

»Blöde Frage, Charley!«, rief Franka. »Den gibt es immer dann, wenn es gleichzeitig regnet und die Sonne scheint!«

»Genau. Am Regenbogen-Berg leben die Regenbogen-Einhörner. Sie verstecken sich gern. Scheue Tiere sind das. Sehr bescheiden. Genau wie ich. Hihi! Sie wollen nicht gesehen werden. Doch wenn es mal gleichzeitig regnet und die Sonne scheint, kommt eines der Regenbogen-Einhörner heraus, es wiehert und gondelt hinunter. Und an der Stelle, an der es gleichzeitig regnet und die Sonne scheint, schlägt es mit seinen Flügeln ein großes Rad. Wie ein Pfau. Aus seinen Flügeln entströmen die herrlichsten Farben an die Luft. Farben wie bunte Federn. Farben, die man weithin sehen kann. Und …«

»Puuuh!«, rief Franka. »Was für ein kitschiger Mist!«

In diesem Augenblick pfiff Charley Gottchen, denn pfeifen können Stimmen auch, und er rief: »Da vorn ist der Monsun! Hier ist es gewesen! Hier habe ich Donna Brubu gesehen! Gar nicht weit von Ätheria entfernt. Los! Nichts wie hin!«

6

Das Böse Biest beißt zu

Die Freunde hutzelten Richtung Luftströmung.

»Vorsichtig«, sagte Adiaba. »Wir dürfen nicht auch in den Monsunwind geraten. Der weht mit hundert Kilometern pro Stunde. Viel schneller als auf der Erde.«

»Ihr müsst auf die Luftsäulen aufpassen«, rief Charley.

»Luftsäulen?«

»Ja. Diese Tunnel dort! Da hinten ist einer! So eine Luftsäule hat euch ganz schnell eingesaugt, und dann seid ihr im Monsun gefangen und Pustekuchen!«

Zwolle blickte hin und sah, wie eine Wolke sich vergeblich wehrte, von der Luftsäule verschluckt zu werden.

»Schaut mal! Eine arme Schäfchenwolke!«, rief Charley.

»Die Heulsuse!«, schimpfte Franka.

Die Schäfchenwolke blies ihre Backen auf, lief rot an, heulte unentwegt, doch es half nichts, sie fluppte schließlich in die Luftsäule hinein und wurde vom Monsun verschluckt.

»Und wo zum Teufel ist jetzt Donna?«

»Keine Sorge«, sagte Charley. »Sie wird hier bestimmt gleich vorbeikommen. Ein Monsun ist ein Kreiswind. Der wechselt nur zweimal die Richtung. Er weht zuerst nach oben und dann nach unten und dann wieder nach oben. Und wieder nach unten. Und so weiter. Das wird nicht lange dauern.«

Die Freunde warteten eine Stunde, sie warteten zwei Stunden, doch Donna kam nicht.

»Seltsam«, murmelte Charley Gottchen.

»Was ist jetzt mit Donna?«, fragte Franka.

»Genau das werde ich herausfinden«, sagte Charley. »Bin gleich wieder da. Wartet hier auf mich!«

Schon war Charley verschwunden, das heißt verstummt, und die Freunde blieben allein zurück.

Charley Gottchen konnte fliegen wie ein Weltmeister. Er hielt sich für den Größten, den Allermächtigsten, den Einzigen, und was das Fliegen betraf, so war er es auch. Er konnte so schnell fliegen wie kein zweites Wesen unter dem Himmel. Beim Fliegen spürte er seinen Körper. Denn obwohl er immer sagte, er sei nur eine Stimme, die man nicht sehen könne, wusste und fühlte er doch, dass er einen Körper besaß. Einen unsichtbaren Körper. Einen Stimmkörper. Und sein Körper war winzig. Das musste Charley

zugeben. So winzig vielleicht wie ein Kolibri. Höchstens. »So! Zack in den Wind, und holla!«, rief er sich zu, erhöhte seine Geschwindigkeit auf mehr als hundert Stundenkilometer, um schneller zu sein als der Monsun, und dann purzelte er einfach so – ohne sich zu verletzen – in den Luftstrom hinein und flog dort schneller als der Wind. Das war kein Problem für ihn. Er hatte das schon oft gemacht, aus reinem Vergnügen. Auf den Windwellen reiten, nannte er das. Er konnte auf diese Weise auch jederzeit wieder raus aus der Strömung, ohne Gefahr.

Aber jetzt flog Charley nicht zum Vergnügen durch den Wind, sondern er hatte einen Auftrag zu erledigen: Donna suchen. Er wirbelte in der Strömung, sauste in irrem Tempo an Luftsäulen vorbei, den Ein- und Ausgängen der Strömung, oben und unten: In diesen Tunneln lagen gern Monsunkrokodile auf der Lauer. Von Donna: keine Spur.

Da sah Charley plötzlich etwas Seltsames. Ein komisches Seil, sehr lang, ein Seil, das in der Strömung flatterte. Ein graues Seil. Gefertigt aus einem Umhang. Aus einem grauen Umhang! Einem Luftpiraten-Umhang! Wahnsinn! Das musste der Umhang von Donna Brubu sein! Kein Zweifel. Charley flatterte hin und blieb auf der Stelle schwirren.

Er schaute sich alles genau an. Es gab keinen Zweifel: Donna Brubu hatte ihren Umhang zerrissen. Sie hatte ein Lasso gebastelt und sich am Himmelbeerbaum in die Luftsäule hinabgelassen. Sie musste sich unten befinden. Im Regenwald.

»Verdammt!«, knurrte Charley Gottchen, weil er ganz genau wusste, was das bedeutete. Er flutschte aus der Luftströmung in den Tunnel hinein und zuckte sofort zusammen: Dort, im Tunnel, da schwebte ein Monsunkrokodil. Groß, fett, dunkelgrün. Aber: Das Krokodil regte sich nicht. Es gondelte und schwebte ohne jede Lebenskraft im Tunnel.

Aber halt! Da war noch was. Etwas Schwarzes. Etwas Kleines. Es saß im Nacken des Krokodils. Charley schwirrte ein wenig näher und sah genauer hin. Was war das? Charley hatte so ein schwarzes Wesen noch nie gesehen. Es saß mit dem Rücken zu ihm. Und war nicht viel größer als Charley selbst. Aber das Wesen hatte Krallen an den Händen. Wohl auch an den Füßen, denn die Fußkrallen hatte das schwarze Biest in den Nacken des Krokodils geschlagen. Zugleich schwirrten seine Flügelstummel in der Luft.

Jetzt verstand Charley: *Das kleine Wesen fraß das Krokodil!* Die Schwanzspitze des Wesens peitschte immer wieder unruhig durch die Luft. Und jetzt tauchte das schwarze Wesen sein Maul in den Nacken des Krokodils und – biss hinein! Es riss einen Batzen Fleisch heraus und grunzte zufrieden. Dunkelgrünes Fleisch! Krokodilfleisch! Das schwarze Wesen kaute und schluckte. Dabei knurrte es genüsslich. Knurrte und grunzte und schmatzte, und dazwischen erklang immer wieder ein böses Lachen.

Charley Gottchen erschauerte und dachte: Wie gut, dass dieses Biest mich nicht sehen kann. Kaum hatte Charley diesen Gedanken gedacht, musste er niesen. Diese verflixten Himmelbeeren, die hier überall wachsen!, dachte Charley Gottchen. Gegen Himmelbeeren war er allergisch.

Das kleine schwarze Wesen hatte das Niesen gehört und fuhr herum. Und dann geschah etwas, das Charley nie mehr in seinem Leben vergessen würde: *Das schwarze Wesen sah ihn an.* Und es sah ihn nicht so an, wie alle anderen ihn ansahen, das heißt, *nach ihm Ausschau hielten*, nämlich verloren, ratlos, suchend, ohne Charley je wirklich sehen und erkennen zu können. Nein, das Wesen hier sah ihm direkt in die Augen. Charley schrie auf. Denn der fremde Blick tat ihm weh. Er kam aus dunklen, sternförmigen Höhlen und traf Charley mit voller Wucht. Wenn dieses Wesen mich sehen kann, dachte Charley sofort, dann muss es eine Seele sein. Aber diese schwarze Seele hier war so anders als alle Seelen, die Charley je in seinem Leben gesehen hatte. Die anderen Seelen waren aus toten Körpern gehaucht worden. Sie gondelten nur noch, waren müde, träge, langsam, befanden sich selber auf der Reise in den Tod. Diese Seele hier aber war quicklebendig. Mehr noch. Sie war schnell, stark, schaurig, monströs, trotz ihrer kleinen Gestalt, sie kaute immer noch an einem Rest Krokodilfleisch.

Es musste eine *lebende Seele* sein!, dachte Charley. Aus einem lebenden Körper! Eine … schwarze Seele!

Das Maul der Seele war blutbespritzt. Das Biest wischte sich mit der einen Hand das Gesicht ab, und mit der anderen zeigte es – auf Charley. Das bedeutete: Du! Ich sehe dich! Ich kriege dich! Pass auf! Du bist der Nächste, den ich fresse!

Tatsächlich, in unermesslicher Gier fuhr das Wesen seine Krallen ein und legte sie flach hinter den Kopf. Das tote Monsunkrokodil schwebte schwerelos an derselben Stelle, zum späteren Verzehr. Die Seele aber stürzte auf Charley zu.

Charley Gottchen zögerte einen Augenblick. Er war viel zu überrascht. Er hatte sich noch nie gegen einen Angriff wehren müssen. Er hatte sich noch nie in Gefahr befunden. Außer in der

Pubertät, beim Stimmbruch, aber das hatte er sich selber zuzuschreiben. Und jetzt das! Ein Biest! Schwarz. Hinter ihm her.

Charley prallte zurück. Er stolperte durch die Luft, taumelte rücklings in den Monsunstrom und wurde von der Strömung fortgerissen. Das Biest flog hinter ihm her. Charley sah es genau. Das Biest konnte schnell fliegen, ja, es kreischte vor Lust, Charley zu jagen. Es schlug seine Flügelstummel und kam näher, nein, war schon da, sein Schwanz wirbelte durch die Luft, Charley sah in die dunkelsten, brunnentiefsten, übelsten, schattigsten, hässlichsten Augen, die er je gesehen hatte. Doch dann kam Charley zu Sinnen, und er ließ seine Flügel sirren, verdoppelte die Geschwindigkeit mit wenigen Schlägen, er sauste in mörderischem Tempo fort, nur fort von diesem kleinen Teufel, der jetzt erbost aufschrie, als Charley ihm zu entwischen drohte, und sofort hetzte das Biest hinter ihm her.

Charley blickte sich panisch um, immer wieder, doch zum Glück merkte er, dass sein Gegner zurückblieb. So schnell wie Charley schien er nicht fliegen zu können. Und irgendwann, als Charley das Biest nicht mehr sehen konnte, bog er ab, nach oben, und schlüpfte aus dem Monsunwind heraus. Er flog sofort weiter. Kehrte um in der Frischen-Luft: zu dem Platz, an dem seine Freunde seit einiger Zeit auf ihn warteten.

»Los, Leute!«, rief Charley ihnen entgegen, und seine Stimme, also er selbst, zitterte mächtig. »Wir müssen weg hier! Sofort!«

»Aber wohin? Was ist los?«, rief Adiaba.

»Etwas Schlimmes ist geschehen!«

»Was? Mit meiner Mutter?«, rief Franka.

»Nein! Nein! Mit mir! Etwas Stimmen-Schlimmes! Ich bin entdeckt! Ich bin durchschaut! Ich bin nicht mehr unsichtbar! Ich wisst doch: Ich bin, der ich bin, ihr macht euch kein Bild davon, wer ich bin! Aber jetzt gibt es jemanden, der weiß, wie ich aussehe, und der sich ein Bild machen kann, und er ist hinter mir her. Los, bitte, ich flehe euch an, wir können hier nicht bleiben! Wir müssen in den Himmlischen Regenwald. Donna ist dort unten. Wir werden sie suchen! Wir werden sie finden! Und wir können uns zugleich verstecken.«

»Verstecken?«, rief Kaspar. »Vor wem denn?«

»Vor dem Biest! Vor der Seele! Das erzähl ich euch später! Kommt jetzt! Wir müssen uns dem Regenwald von unten nähern. Von den Trauf-Wiesen. Kommt! Ich kenne den Weg! Aber eins müsst ihr gleich wissen: Das wird nicht leicht! Die Trauf-Wiesen, das ist gefährlich. Deshalb sagt man: Vom Regen in die Traufe! Wenn man von einem Unglück ins nächste stolpert. Wie wir! Aber was will man machen? So ist das Leben! So ist die Lage! Los jetzt, vertraut mir. Ihr müsst einfach unter der Strömung hindurchhutzeln. Dann pirschen wir uns von unten an. Und hoffen, dass die Trauf-Wiesen gerade nicht hungrig sind.«

7

Von der Traufe in den Regen

Wenn die Schäfchenwolken sich ausweinen, fallen all ihre Tränen und der gesamte Wolkenrotz, der in ihnen steckt, auf die gigantischen Luftwurzeln der Urknall-Riesen: eine furchtbar nasse und matschige Angelegenheit. Es entsteht ein Luftsumpf zwischen den Luftwurzeln: die Trauf-Wiesen.

Durch diesen mehr als dichten Regenwald können nur wenige Tiere fliegen: Insekten, Wetterlinge, Himmelhummeln, Moskitos und Kosmitos, hübsche Vogelspinnen, Mamageien und ähnliche Vogelarten. Alle Luftwesen, die größer sind als ein Tukan, können hier nicht mehr fliegen, weil der Regenwald einfach zu dicht ist. Da wächst zu viel grünes Zeug durcheinander: Schlingpflanzen, Fresspflanzen, Würgepflanzen, Luftpflanzen oder Wur-

zelpflanzen. Charley Gottchen war klein genug, um noch fliegen zu können. Kaspar hatte sich in ein Regenschirmchen verwandelt und glitt über ihren Köpfen dahin. Die anderen drei aber mussten sich durch den Dschungel kämpfen.

»Ihr müsst auf die Schlingwurzeln aufpassen!«, rief Charley. »Da gibt es Fallen. Wenn ihr in eine Schlinge tretet, dann war's das, Freunde. Urknall-Riesen haben ständig Hunger. Ihre Schlingen ziehen alles aus der Luft, was sie kriegen können. Sie fangen euch und *schlingen* euch sofort herunter. Mit Haut und Haar. Für die Urknall-Riesen seid ihr wahre Leckerbissen.«

Glücklicherweise blieb den Freunden dieses Schicksal erspart. Und sie ließen die Trauf-Wiesen unbeschadet hinter sich. Doch schon zog ein dichter Nebel herauf, und die Freunde sahen nicht weiter als bis zur eigenen Nasenspitze.

»Das ist der Nebelwald«, rief Charley. »Auch gefährlich!«

»Ein Tiger!«, kreischte Zwolle plötzlich.

Tatsächlich schob sich aus dem Nebel das orange-schwarze Fell eines Tigers auf sie zu. Doch der Tiger fauchte erschrocken.

»Keine Sorge!«, rief Charley Gottchen. »Ist nur ein Papiertiger! Der hat mehr Angst vor euch als ihr vor ihm.«

Der Tiger war hauchdünn, man hätte ihn glatt in zwei Stücke reißen können. Wie ein Blatt Papier. Und davor haben Papiertiger eine höllische Angst. Dass man sie einfach zerreißt. So fauchte der Tiger zwar laut und tat so, als sei er ein richtiger Tiger, dann aber zog er schnell den Schwanz ein und nahm Reißaus.

Auch den Nebelwald brachten die Freunde hinter sich, und sie atmeten durch, als sie wieder freie Sicht hatten. Sie schoben sich von Busch zu Busch oder von Ast zu Ast.

»Nicht bewegen!«, flüsterte Franka plötzlich.

Sie ging unmittelbar hinter Zwolle.

»Wer? Ich?«, fragte Zwolle.

»Kein Mucks!«

Zwolle stand still, mit den Flügelfüßen auf einem Ast, rührte sich nicht. Vielleicht eine Windspinne? Die sich auf seine Schulter gelassen hatte? Aber nein. Was sich da an Zwolle hinabließ, von den oberen Ästen hinab, das war eine fette Luftschlange. Die meisten Luftschlangen in der Frischen-Luft sind harmlos, aber tief im Regenwald gibt es ein paar giftige Exemplare. Und diese

Schlange hier sah extrem giftig aus. Leuchtend gelb. Zwolle schwitzte, aber regte sich nicht, er beobachtete, wie die lispelnde Schlange sich an seinem Körper hinabschlängelte und in der Unterluft verschwand.

»Puuuh!«, sagte Franka erleichtert. »Glück gehabt.«

Jetzt stiegen die Freunde noch ein Stückchen höher und konnten endlich ein bisschen durchatmen.

»Schaut mal!«, rief Zwolle, der voranging. »Eine Hütte!«

Die Hütte war nicht sonderlich groß. Die Freunde näherten sich, standen bald vor der Tür und klopften.

»Herein!«, rief eine Stimme, die ihnen bekannt vorkam.

»Donna?«, schrie Franka.

Schon riss sie die Tür auf und hutzelte hinein. Da saß sie. In einem Bett. Angelehnt an die Wand. Und zugedeckt: Donna Brubu. Franka stürmte auf sie zu und sprang ihr in die Arme. Donna umhalste lachend ihre Tochter.

»Langsam! Langsam! Du erdrückst mich ja, Liebes!«

Franka lag an ihrer Brust und spürte einen Schmerz im Auge. Sie war verwirrt. Ihre Mutter strahlte etwas ganz Neues aus. Etwas, das Franka nicht kannte. Wärme? Nähe? Sie hatte sie *Liebes* genannt!? Wie konnte das sein? Franka fühlte den Schmerz in ihrem Auge immer deutlicher. Da kullerte, ohne dass jemand es hätte sehen können, eine Träne ihre Wange hinab, eine brennende Träne, eine Feuerträne. Schnell wischte Franka die Wasserflamme weg. Sie wäre gern in Donnas Armen geblieben, doch Franka war eine Luftpiratin, und daher machte sie sich von ihrer Mutter los und brüllte sie an: »Donna! Du hast mich in unserem Luftloch allein gelassen! Du hast mich in Gefahr gebracht! Ich hätte sterben können!«

»Ich weiß, Franka«, flüsterte Donna. »Es tut mir leid. Ich bin untröstlich. Und unendlich glücklich, dass du lebst. Dass dir nichts geschehen ist! Weil ich dich doch so sehr liebe!«

Alle schwiegen jetzt. Auch Zwolle. Alle starrten Donna an. Mit aufgerissenen Augen. Ja, die Luftpiratin, die dort lag, unter einer Bettdecke, sah wirklich genauso aus wie Donna Brubu. Da gab es keinen Zweifel: Ihre violetten Haare, ihre Augenklappe, die graue Haut. Aber wie sie sprach! Das war das Gegenteil der Donna, die sie kannten. Die alte Donna hätte sich eher die Zunge abgebissen, als sich zu entschuldigen! Und dieses Lächeln! So friedfertig und liebevoll: Die drei Luftpiraten lächelten zurück. Auch Kaspar. Und Charley. Auch wenn niemand Charleys Lächeln sehen konnte.

»Was ist denn los mit dir, Donna?«, fragte Adiaba.

»Ich habe mich befreit. Von meiner schwarzen Seele. Meine Wut ist weg. Ich bin vollkommen gewandelt.«

»Was sagst du!?«, rief Adiaba. »Ich verstehe dich nicht!«

»Und Zwolle?«, sagte Donna. »Du bist Zwolle, ja? Komm her zu mir. Lass dich anschauen. Ein Weißer Luftpirat! Wunderbar! Wie froh bin ich, dass du Franka ins Herz geschlossen hast. Und Franka dich! Eine Stimme namens Charley Gottchen hat es mir verraten. Es sei denn, ich habe das nur geträumt?«

»Nein«, zwitscherte Charley. »Du hast nicht geträumt! Ich bin hier. Ich bin es wirklich! Ich bin Charley Gottchen.«

»Ach«, rief Donna und blickte in die Luft, ohne Charley sehen zu können. »Wie schön!« Sie schob die Bettdecke weg und sprang aus dem Bett. »Jetzt wollen wir den Luftpiraten in Ätheria helfen, friedfertig zu werden. Was, Zwolle?«

Zwolle nickte sofort.

»Die Gottesanbeterinnen«, fuhr Donna fort und zog ein kleines Büchlein aus ihrer Windhose, »haben mir ein Heftchen geschenkt: Luft-Yoga. Für Anfänger. Da stehen einige Übungen drin. Wie man ruhiger wird. Gelassener. Friedfertiger. Ich werde den Luftpiraten Yoga beibringen. Jeden Morgen. Damit endlich Ruhe einkehrt bei uns.«

»Wer sind denn die Gottesanbeterinnen?«, fragte Kaspar.

»Sie haben mich gerettet. Sie haben mir sehr, sehr viel erzählt in den letzten Stunden. Sie haben mir sogar einen neuen Umhang geschenkt. Dort hängt er. Auf dem Stuhl.«

Donna zeigte zur Wand der Hütte, an der ein Stuhl stand mit

einem schwarz-weißen Umhang, doch Frankas Blick blieb hängen an Donnas linkem Arm.

»Was hast du da?«, rief sie.

»Wo?«

»Dort. Am Arm! Ein kleines Loch! Da!«

»Ach das, oh, das ist nur ein Stich. Von … Na ja, das ist eine lange Geschichte. Ich erzähle sie euch, ehe wir aufbrechen.«

Donna steckte das Yoga-Heft ein, nahm den Umhang vom Stuhl, legte ihn sich um, er stand ihr prächtig, und sie strahlte. Dann setzte sie sich wieder und erzählte den Freunden alles, was geschehen war. Vom Kampf mit dem Großen Potz über das Ausschreien ihrer schwarzen Seele, dem vierwöchigen Heilschlaf im Monsun, bis hin zur Rettung durch die Gottesanbeterinnen.

Charley Gottchen hörte atemlos zu. Dann flüsterte er: »Donna! Ich bin diesem Biest begegnet. Deiner schwarzen Seele.«

»Du? Charley?«

Jetzt erzählte auch Charley alles, was ihm geschehen war. Die ganze schaurige Begegnung mit dem Biest in der Luftsäule.

»Beim Himmelsbesen!«, rief Adiaba. »Das scheint ein ziemlich übles Wesen zu sein, das Böse Biest.«

»Augenblick!«, sagte Zwolle. »Damit ich alles richtig verstehe. Du, Donna, hast dir deine Seele aus dem Leib geschrien?«

»Ja.«

»Und deshalb bist du jetzt so friedlich?«

»Ja! Schön, oder?

»Und du, Charley, hast Donnas Seele gesehen?«

»Ja«, sagte Charley.

»Das heißt, sie lebt noch, die schwarze Seele?«

»Ja.«

»Und sie hat dich auch gesehen?«

»Ja. Ich sagte doch: Seelen können mich sehen.«

Zwolle schwieg.

»Und jetzt? Was wollen wir tun?«, fragte Kaspar.

»Wir machen es platt, das Böse Biest!«, rief Franka. »Ehe es uns etwas tun kann. Wir jagen es. Wir finden es. Zack!« Und Franka schlug die Hand gegen die Wand. »Auf geht's! Nichts wie raus aus diesem glitschigen Mief!«

8

Und vom Regen in die Traufe

Die Freunde folgten Franka. Draußen regnete es immer noch Bindfäden. Das war auf Dauer mehr als ungemütlich. Sie waren rasch wieder nass bis auf die Knochen, zugleich schwitzten sie in der stickigen Hitze. Es war dampfend warm hier im immergrünen Regenwald. Alle wollten zurück an die Frische-Luft. Schnellstmöglich. Dazu aber mussten sie wieder hinabsteigen und durch die Trauf-Wiesen waten.

»Leute!«, näselte Charley. »Wir müssen aufpassen. Dieses Mal gehen wir nicht von der Traufe in den Regen, sondern vom Regen in die Traufe! Das ist viel gefährlicher.«

Doch kaum hatte er es gesagt, da schrie Franka schon auf. Nicht vor Wut. Sondern vor Schmerz. »Mein Fuß! Mein Bein!«, jammerte Franka.

»Was?«, rief Charley Gottchen. »Nein! Franka!«

Sie war in eine Schlinge getreten. Die Schlinge gehörte zu einer Schlingwurzel. Und die Schlingwurzel gehörte zur größten Schlingpflanze am Himmel: einem Urknall-Riesen. Sofort zog sich die Schlinge zu. Franka fühlte einen Ruck, hin zum Baum.

»Der Baum will dich fressen!«, rief Charley zurück. »Dich einatmen. Deinen ganzen Sauerstoff! Aus dem du bestehst.«

»Charley!«, rief Donna. »Was können wir tun?«

»Nichts!«, heulte Charley auf. »Der Baum ist viel zu stark.«

Das wäre Frankas Ende. Der Baum würde sie aufschlürfen. Einfach so. Einsaugen. In seinen mächtigen Stamm. Adiaba, Donna und Zwolle hielten Franka fest. Sie versuchten, ihre Kraft dem Baum entgegenzusetzen. Aber sie konnten nicht verhindern, dass Franka, langsam zwar, aber Stück für Stück, immer weiter von den Luftwurzeln Richtung Baumstamm geschleift wurde. Dieser dicke Urknall-Riese war Tausende von Jahren alt! Mit urtümlichen, himmlischen Kräften! Dagegen war kein Kraut gewachsen.

Donna schaute sich um. Die Freunde befanden sich am Rand

der Trauf-Wiesen, nur noch ein paar Meter bis zur Frischen-Luft. Donna ließ Franka los. Sie stürzte hinaus, und dort draußen wollte sie donnern und brüllen, wollte um Hilfe rufen, aber alles, was ihr aus den Lippen zwitscherte, war ein leises Zirpen. Kaum lauter als das einer Grille.

»Hilfe!«, piepste sie. »So helft uns doch!«

Aber keiner konnte sie hören. Wo war ihre donnernde Stimme hin? Mit der schwarzen Seele hatte sich Donna auch die Kraft zum Blitzen und Donnern aus dem Leib geschrien, da war nichts zu machen. Sie schwebte in der Luft, sah zu Franka hinunter, die in den Trauf-Wiesen hing. Donnas Augen füllten sich mit Tränen. Keine Feuertränen. Und keine Aschetränen. Sondern ganz gewöhnliche Trauertränen, die im Windlicht blitzten.

Zwolle dagegen hielt Franka fest, er klammerte sich an sie und rief ihr immer wieder zu: »Ich lass dich nicht los, Franka!«

»Ich auch nicht!«, rief Kaspar.

Da hörte Donna einen Brüller.

Es war Adiaba.

Er donnerte und rief: »Hilfe!!!«

Zugleich schleuderte er einen Blitz in die Wurzel: ohne Erfolg.

Donna wusste nicht mehr, was sie tun sollte.

Da schuffelte plötzlich etwas heran.

In irrem Tempo durch die Lüfte.

Von oben herab, zu Donna Brubu.

»Donna!«, hörte Donna Brubu eine Stimme. »Donna! Da bist du ja! Endlich! Ich hab dich überall gesucht!«

Donna schaute überrascht. Aber ihre Miene hellte sich auf. Denn neben ihr schuffelte niemand anderes als – der Große Potz.

Man erinnert sich: Ungefähr vier Wochen zuvor hatte der Große Potz den Kampf gegen Donna Brubu gewonnen. Er war stolz auf sich. Zunächst. Und er jubelte über seinen Erfolg. Doch als Donna vor ihm aus allen Wolken fiel, erschrak der Große Potz über das, was er getan hatte. Sein Jubel wandelte sich in Schmerz. »Nein!«, rief er. »Was hab ich getan!? Ich habe Donna Brubu abgeschossen! Die größte Brüllerin aller Zeiten! Donna Brubu! Es tut mir leid!« Und er flog hinter Donna her, wollte sie auffangen, retten und wieder gesund pflegen.

Doch er kam zu spät: Donna wurde von einer Luftsäule angesaugt und verschwand in einem Monsunstrom. Der Große Potz wartete an der Luftströmung, bis Donna ein weiteres Mal an ihm vorbeigewirbelt wurde. Da schlief sie bereits. Sie hatte ihre Wunde verbunden, hatte Hagel-Vollkorn-Saft getrunken und war in einen tiefen Schlaf gefallen. Es würde Wochen dauern, bis sie wieder zu sich käme. Aber immerhin: Sie war gerettet. Und würde nicht sterben!

Der Große Potz schaute fortan jeden Tag nach Donna Brubu im Monsun. Wenn sie endlich wieder zu sich käme, würde er sie aus der Strömung befreien. So eine begnadete Donnerin! So eine gewaltige Erscheinung! Die konnte man nicht einfach im Stich lassen. Jede Nacht lag Potz auf seinem Luftkuschelkissen, träumte und stellte sich vor, wie Donna und er nebeneinander über die Wolken segeln und aus allen Rohren donnern, blitzen und ein Unwetter herbeizaubern würden, wie es noch nie eins gegeben hatte in ganz Firmament. Donna, so träumte Potz, die allerlauteste Brüllerin der Welt, und er, der Große Potz, der allerschlimmste Blitzer der Welt: ein unschlagbares Team, das die Lüfte, die Erde und die Wasser in Angst und Schrecken versetzen würden. Und warum? Weil sie's konnten! Der Große Potz merkte gar nicht, wie er jeden Abend übers ganze Gesicht strahlte, bevor er einschlief.

Und auch am heutigen Tag war der Große Potz wie üblich zum Monsunstrom gehutzelt, aber er sah Donna nicht mehr. Er wartete eine Zeit lang: ohne Erfolg. Da flog der Große Potz ratlos an der Strömung entlang, und plötzlich hörte er den Donner eines Luftpiraten und den Einschlag eines Blitzes. Der Große Potz näherte sich den Trauf-Wiesen des Regenwaldes. Schon sah er sie, dort unten, in der Luft! Violette Haare, prächtig, groß, einmalig: Donna!

»Potz!«, rief Donna. »Dich schickt der Himmel!«

»Mich? Was? Wer?«

»Meine Tochter! Franka! Dort! Sie ist gefangen! Sie wird gefressen! Von einem Urknall-Riesen!«

»Tja«, sagte Potz und verschränkte die Arme. »So ist das Leben.«

»Nein! Ich flehe dich an. Hilf uns, Potz! Ich bitte dich!«

»Wie? Hilf uns? Was meinst du damit?«

Donna seufzte. »Würdest du bitte einen deiner Potz-Blitze in die Schlingwurzeln schleudern? Damit Franka freikommt?«

»Aber warum?«

»Weil ich dich darum bitte!«

»Und …«

»*Kannst* du es etwa nicht?«

»Was? Ob ich es nicht *kann*? Pah!! Nichts leichter als das! Schau hin, Kleines!«

Und im selben Augenblick schuffelte der Große Potz näher an den Regenwald heran, schob die Augenklappe hoch, und dann schleuderte er einen Potz-Blitz in die Schlingwurzeln, die schon ein wenig kohlten von den Blitzen, die Adiaba inzwischen geworfen hatte. Doch Adiabas Blitze waren recht harmlos gegenüber den irren Potz-Blitzen, die nun in immer kürzeren Abständen in die Wurzeln hagelten, einer nach dem anderen, zack, und der Große Potz zischte und feuerte sich regelrecht in Rage, die schlammigen Wurzeln loderten endlich auf, und noch einer, hier, zack, Urknall-Riese, nimm das, paff, und dann kippte der Baum in den Himmlischen Regenwald hinein, mit all seinem Astwerk. Die Schlingwurzeln, die Franka immer noch hielten, schnellten in die Höhe. Der Urknall-Riese konnte die Schlinge nicht mehr festzurren, und Zwolle, der bei Franka schwebte, griff nach ihrem Fuß, riss die Schlinge auf und zerrte den Fuß heraus, er hievte Franka auf Kaspar. Und nichts wie fort vom umgekippten Urknall-Riesen. Dieser stöhnte auf, wurde aber von seinen Genossen sanft aufgefangen und würde fortan im Liegen weiterleben müssen.

9

Ein Himmelsstürmer gegen den Rest

Franka war mit einem blauen Auge davongekommen. Und einem blauen Knöchel. Donna untersuchte sie: Der Knöchel ihres Flügelfüßchens war ein wenig verstaucht, also nichts Schlimmes. Die Flügelchen selbst waren heil geblieben. Franka würde weiter unbeschwert durch die Lüfte hutzeln können.

Donna eilte jetzt zum Großen Potz und nahm ihn fest in den Arm. Potz wusste nicht, wie ihm geschah.

»Danke!«, flüsterte sie ihm ins Ohr.

»Was?«, rief Potz. »Wie? Uääh? Bleib mir vom Leib!«

Donna küsste ihn auf die Wange.

»Iiiih! Was? Lippen? Auf meiner Backe? Das ist doch das Allerletzte … Aber … Andererseits … Keine Ahnung!!«

Der Große Potz wusste nicht, wie ihm geschah. Erstens hatte er so etwas noch nie erlebt. Das Wort für das, was Donna ihm da entgegenbrachte, hatte er längst vergessen. Ein Fremdwort, eine

Fremdberührung: *Zärtlichkeiten?* Uaaah! Igittigitt! Zweitens aber fühlte sich diese Zärtlichkeit eigentlich – wenn er ehrlich war – gar nicht mal so übel an. Im Gegenteil, dachte Potz, das war sogar *schön*. Na ja, *schön* nicht im Sinne eines Schönworts, sondern *schön* im Sinne von *schlimm*, weil schlimm für die Luftpiraten ja etwas Gutes ist. Was? Wie? Wo? Der Potz verstand jetzt seine eigenen Gedanken nicht mehr. Was genau war jetzt schön und was war schlimm? Vielleicht war die Zärtlichkeit für ihn beides zugleich? Schön und schlimm?

Etwas geriet in seinem Kopf mächtig durcheinander. Als Donna ihn jetzt aus großen Augen anschaute, da war ihm, als verliere er den Verstand. Und Donna nahm den Kopf des Großen Potz zwischen beide Hände und drehte ihn nach links und nach rechts, und Potz strahlte ebenfalls, weil ihm noch nie in seinem Leben auf derart wundervolle Weise der Kopf verdreht worden war. Die Augen! Donnas Augen! Beide Augen! So etwas Schönes oder Schlimmes hatte der Große Potz nie gesehen! Wo war ihre Augenklappe? Sie trug sie nicht mehr! Ihr Blitzauge? Blitzte völlig anders! Ihr *Blick* blitzte! Aus beiden Augen blitzte der Blick! Aber nicht wild und zerstörerisch wie die Blitze eines Luftpiraten, sondern ihr Blick blitzte und strahlte, er funkelte wie Diamanten, der Große Potz lächelte zurück, und er hörte Donna Brubus Worte: »Liebster Potz, magst du mich nicht mal in Ätheria besuchen? Ich wohne in Luftloch Nummer 11!«

Der Große Potz hatte das mächtige Bedürfnis, Donna zu küssen, diese violetten Donnerlippen, sich fallen zu lassen in die hübschen Blitzaugen. Doch dann kam er wieder zu Sinnen, und er riss sich los von Donna Brubu, als hätte er sich an ihr verbrannt, und er hutzelte erschrocken ein paar Meter zurück.

»Was tust du!?«, rief er. »Was machst du mit mir? Ich bin ein Luftpirat! Ich kann doch nicht … Weiche von mir! Du Hexe! Ich will nicht!! Ich will nicht!!« Mit diesen Worten zischte Potz hoch in die Winde, vollkommen verwirrt. Er schaute sich noch einmal um und sah, wie Donna ihm mit einem Taschentuch winkte. Dann flog er fort, und zwar so schnell es ging.

Die Freunde schuffelten weiter, um den Monsunstrom herum. Und nahmen Kurs auf Ätheria. Sie waren noch nicht sehr weit gekommen, als sie aus der Ferne ein leichtes Getrippel und Getrappel hörten, das schnell lauter wurde.

»Was ist das?«, fragte Zwolle.

»Das hört sich an wie ein Himmelsstürmer«, sagte Charley.

»Was ist ein Himmelsstürmer?«

»Ein zotteliger Nasendrache mit haufenweise Füßen, jeder Menge Flügel, super vielen Krallen.«

»Was? Ein Drache?«

»Und mit einem Horn auf der Nase.«

»Ist der gefährlich?«

»Nein. Der will nur spielen.«

In der Tat näherte sich jetzt ein langer Drache, ja, er flog direkt auf die Freunde zu. Der Drache war vielleicht doppelt so groß wie Kaspar. Im Unterschied zu Kaspar hatte der Himmelsstürmer viele Flügel und viele Füße. Je weiter die Flügel und Füße an seinem lang gestreckten Körper nach hinten reichten, umso kleiner wurden sie. Waren sie ganz vorne noch kräftig, so konnte man ganz hinten nur noch kleinste Flügelchen und Füßchen sehen.

»Hej, Leute, was ist los?«, jodelte der Himmelsstürmer.

»Wer will das wissen?«, brüllte Adiaba.

»Lust auf ein Spielchen?«

»Was für ein Spielchen?«

»Na, Flugball natürlich.«

»Nein«, rief Adiaba. »Wir müssen weiter.«

»Leute, echt jetzt? Dauert auch nicht lange. Ich allein gegen den Rest. Kein Problem. Nur kurz. Ich bin ich! Wir spielen bis fünf, okay? Dann könnt ihr weiterhutzeln, ihr Flaschen.«

Donna säuselte: »Wenn es dir ein so großes Vergnügen ist, spielen wir gerne mit, lieber Himmelsstürmer.«

»Na, danke!«

Adiaba hustete und stöhnte auf und sagte zu sich selbst: »Die alte Stänkerin Donna hat mir irgendwie besser gefallen. Da war noch richtig Feuer unterm Kessel. Und jetzt? Dieses Gesäusel!! Dieses höfliche Getue! Das ist ja nicht zum Aushalten!«

»Was hast du gesagt, Adiaba?«, fragte Donna.

»Ich? Nichts, nichts. Ich wollte den Himmelsstürmer nur fragen, wie das Spiel überhaupt geht: Flugball!«

»Jetzt sag bloß, ihr habt noch nie Flugball gespielt?«, rief der Himmelsstürmer.

»Wir? Nein. Luftpiraten spielen nie!«

»Passt auf! Ist nicht schwer. Ich erklär's euch. Alles, was wir brauchen, sind zwei Tore und ein Ball.«

Schon stieß der Himmelsstürmer einen kräftigen Pfiff aus und legte sich quer in die Luft. An seinem Bauch klebten jede Menge längliche Luftpumpen. Zehn, zwölf, zwanzig Luftpumpen! Wie

Parasiten hatten sie sich ins Fell des Himmelsstürmers verknotet. Sie schienen geschlafen zu haben. Jetzt wurden sie langsam wach.

Luftpumpen sind (für gewöhnlich) lang, schmal, schlank. Sie sehen genauso aus wie die Luftpumpen, die Menschen benutzen, um ihre Bälle aufzublasen. Die Luftpumpen am Himmel haben ebenfalls zwei Teile: einen kürzeren Kopfteil, in dem träge Äuglein sitzen, sowie einen längeren Körperteil, der ebenso schlank und schmal ist wie der Kopf. Luftpumpen bestehen fast nur aus Luft und einer dünnen Hülle drum herum. Sie sind wahre Meister der Luftkunst und können alles Mögliche aus Luft herstellen. Die Luft für ihre Luftkunstwerke pumpen sie aus ihren Körpern heraus. Dazu fahren sie ihren schlanken Kopf nach oben, man sieht einen langen, dünnen Hals, und dann schieben die Pumpen den Kopfteil wieder nach unten. Auf diese Weise strömt pure Luft aus ihnen heraus. Die einen sagen, aus dem Hintern, die anderen sagen, aus dem Maul. Und mit dieser Luftpumpenluft können sie herrliche Gebilde aus Luftleder erschaffen: Kleider, Werkzeuge, Schachteln oder auch Bälle.

»Los, ihr Pumpen! Wer pumpt mir den Ball?«, rief der Himmelsstürmer.

Keiner meldete sich.

»Na?«

»Also gut«, knurrte eine der zwanzig Pumpen. »Wenn's sonst keiner macht. Dann halt ich.«

Sie schob ihren Kopf in die Höhe, ließ ihn wieder hinunter, ein paar Mal. Auf diese Weise pumpte sie einen Luftlederball aus ihrem Körper. Bis sie ihn schließlich mit einem Seufzen von sich trennte. (Mit einem Seufzen oder mit einem Furz, je nachdem, ob man Anhänger der Maul- oder der Hintern-Theorie war.) Und der Ball schwebte nun federlederleicht in der Luft.

»Dank dir, Lupo!«, rief der Himmelsstürmer. »Jetzt die Tore!«

Die zwanzig Luftpumpen gondelten davon, zehn nach rechts, zehn nach links. Sie bauten sich zu zwei Toren auf, zwei Pfosten, ein Querbalken. Sie klammerten sich aneinander fest, immer Kopf an Kopf und Hintern an Hintern. Sie bibberten allesamt ein wenig, aus Angst vor Pfostenschüssen.

»Also gut, ich erklär euch das Spiel. Ist total simpel!«, sagte der Himmelsstürmer. »Der Dicke da geht ins Tor!« Er zeigte auf Adiaba. »Du bist Torwart. Verstanden? Stell dich einfach da zwischen die Pfosten der Luftpumpen. Wie heißt du?«

»Adiaba.«

»Alles klar. Du da, du Luftpiratin ohne Augenklappe! Du bist der Libero.«

»Der was?«

»Der freie Mann.«

»Ich bin eine Frau.«

»Dann die freie Frau von mir aus.«

»Und ich?«, rief Franka.

»Du und der Weiße da, ihr seid Stürmer. Der blaue Drache kann im Mittelfeld spielen.«

»Ich bin ein Luftikus!«, sagte Kaspar.

»Echt? Wow! Es gibt nur noch …«

»… sieben Luftikusse in ganz Firmament, ich weiß, ich weiß! Welche Gestalt darf ich annehmen?«

»Möglichst eine, die Füße hat!«, lachte der Himmelsstürmer.

»Warum?«

»Ihr müsst die Tore *schießen*. Mit den Füßen! Das ist das Spiel: Ihr müsst den Ball in mein Tor schießen. Und ich muss den Ball in euer Tor schießen. Dazu dürfen wir nur die Füße benutzen.«

»Hände nicht?«

»Nein. Flügel auch nicht.«

»Was ist mit dem Kopf?«

»Kopf ist okay.«

»Also Kopf oder Fuß?«

»Ja. Auch Bein oder Rücken, wenn ihr wollt. Nur keine Hände und keine Flügel. Natürlich außer dem Torwart. Adiaba. Der darf den Ball auch mit seinen Patschehänden festhalten. Die anderen nicht.«

»Und bei dir? Du spielst allein? Wer ist da Torwart?«

»Ich bin fliegender Torwart! Also Torwart und alle Feldspieler zugleich. Und wenn ich vorm eigenen Tor stehe, darf ich den Ball auch mit den Flügeln abwehren. «

»Alles klar«, sagte Kaspar und verwandelte sich in ein Känguru. So hatte er immerhin zwei starke Füße für Luftsprünge aller Art und für knallharte Schüsse.

»Wer als Erster fünf Tore hat«, sagte der Himmelsstürmer, »der gewinnt. Los. Stellt euch auf.«

Nach wenigen Sekunden stand es 0:1. Der Himmelsstürmer war in Zwolles Anstoß gespritzt, hatte den Ball erobert und durch die eigenen Reihen seiner sechzehn bis zwanzig Beine dribbeln lassen, sodass Zwolle gar nicht mehr wusste, wo der Ball gerade war. Der Himmelsstürmer war in die Luft geflogen und hatte von oben herab mit einem starken linken Vorderhuf den Ball volle Kanne ins Tor gedroschen. Unhaltbar.

»Tooooooor!«, rief der Himmelsstürmer zu Adiaba und lachte.

Adiaba hutzelte dem Ball hinterher, holte ihn ein und brachte ihn zurück. »Was war das?«, rief er.

»Ein Tor!«, wieherte der Himmelsstürmer. »Eins zu null für mich. Oje. Dass ihr soooo schlecht seid, hätte ich nicht gedacht.«

»Warte ab!«, tobte Franka. »Das Spiel fängt gerade erst an!«

Beim zweiten Anstoß schirmte Franka den Ball etwas besser ab als Zwolle, passte zurück zu Donna, und Donna lupfte, ja, streichelte den Ball, so sanft sie konnte, mit dem Fuß nach vorn, doch der Himmelsstürmer flog dazwischen, sauste an Mann und Maus vorbei und schob den Ball in die rechte Ecke des Tores. Adiaba warf sich noch hinterher, aber er kam nicht mehr hin.

»Bahnschranke! Bahnschranke!«, rief der Himmelsstürmer und lachte. »Adiaba! Du bist noch lahmer als eine Bahnschranke des Königlich-Äquatorialen Luft-Zugs! Zwei zu null!«

»Schnauze!«, donnerte Adiaba, der langsam wütend wurde.

»Es ist doch nur ein Spiel«, flüsterte Donna.

»Mama! Ich will auf keinen Fall verlieren!«, rief Franka. »Also streng dich an!«

»Ich geb euch einen Tipp!«, rief der Himmelsstürmer. »Ihr müsst giftiger werden! Zweikämpfe sind wichtig!«

»Giftiger???«, schnaufte Franka. »Kannst du haben!!!«

Doch der Tipp half nicht viel: Es stand rasch null zu vier.

»Das macht keinen Spaß«, rief der Himmelsstürmer. »Ihr seid wirklich Flaschen! Da hilft nur: trainieren, trainieren! Passt auf. Ich hab eine Idee: Alles oder nichts! Wer das nächste Tor schießt, der gewinnt! Wenn *ihr* gewinnt, schenke ich euch zwei meiner Luftpumpen. Und ihr könnt Flugball trainieren! Okay?«

»Kaspar!«, rief Adiaba. »Geh du mal ins Tor!«

»Gern!«, rief das Känguru Kaspar, hüpfte zu Adiaba und fragte den Himmelsstürmer: »Darf ich den Ball auch mit meinem Beutel fangen?«

Der Himmelsstürmer seufzte und schüttelte den Kopf. Doch schon ging es weiter. Franka schob die Kugel zu Donna, und Donna zu Zwolle, der einen Doppelpass spielte, zurück zu Donna. Jetzt ließ Zwolle sich fallen, in die Tiefe, das heißt, unter den

Himmelsstürmer, der gähnte und scheinbar teilnahmslos die Versuche seiner Gegner beobachtete, ihn zu überraschen. Donna spielte zurück zum Torwart, Kaspar zu Adiaba, und der schoss jetzt den Ball hinunter zu Zwolle, der in guter Position stand. Jetzt musste der Himmelsstürmer ebenfalls ins Tiefe tauchen, um Zwolle den Ball abzuluchsen. Doch genau in diesem Augenblick stellte sich Adiaba in den Weg, warf seinen Körper dazwischen, blockte den Himmelsstürmer ab.

»Foul!«, rief dieser.

»Quatsch mit Soße!«, rief Adiaba. »Was ist denn ein Foul?«

Zwolle passte wieder hoch zu Franka, die sich freigehutzelt hatte. Der Himmelsstürmer paffte ärgerlich durch die Nase, flog schnell nach oben, hätte Franka immer noch problemlos den Ball abgenommen mit seinen unzähligen Füßen, doch genau in diesem Augenblick hörte er eine gellende Stimme in seinem Ohr: »Achtung! Hintermann! Hintermann!«, und es war Charley Gottchen, der ihm ins Ohr brüllte.

»Was?«, rief der Himmelsstürmer und drehte sich um. Aber hinter sich sah er niemanden.

Diese Sekunde nutzte Franka, um eine Bogenlampe zu flanken, direkt vors Tor des Himmelsstürmers, über seinen Rücken hinweg, und Zwolle hutzelte in mörderischem Tempo von unten Richtung Tor seines Gegners, und dann flog er nur noch, sauste durch die Lüfte, hechtete, kriegte den Ball gerade noch so mit der Stirn und wuchtete ihn unter die Latte! Und von der Latte … ins Tor!

»Aua!«, fluchte eine der Lattenluftpumpen.

»Toooor!«, schrie Zwolle.

»Tooooooor!«, brüllte Franka.

»Tooooooooooooooor!«, donnerte Adiaba.

»Sehr schönes Tor, Zwolle«, sagte Donna.

Zwolle dachte: Was für ein Spiel! Das macht Spaß!! Das ist ja fantastisch! Was für ein irres Gefühl, ein Tor zu schießen! Zu *köpfen*! Und der Jubel der anderen. Königlich! Das müsste man auch in Ätheria spielen! Unbedingt!

Der Himmelsstürmer stand ein wenig bedröppelt in der Luft. Dann aber sagte er anerkennend zu Zwolle: »Toller Flugkopfball! Muss ich sagen! Nicht ohne Talent. Hier. Ihr bekommt meine Luftpumpen Lupo und Kuno. Die werden euch jeden Tag neue Flugbälle pumpen. Damit könnt ihr trainieren! Wenn wir uns das nächste Mal sehen, sind wir richtige Gegner. Jetzt aber Fairplay. Einschlagen. Gutes Spiel!«

Der Himmelsstürmer hielt ihnen einen Flügel hin und alle schlugen nacheinander ein. Danach setzte sich der Stürmer in Bewegung und verschwand lufttrappelnd über ihren Köpfen in den weiten, unendlichen Gefilden der Luftwelt, während er lautstark grölte: »Stern des Südens! Du wirst niemals untergehn!«

10

Wie man die Sonne richtig begrüßt

Bald darauf erreichten die Freunde Ätheria. Sie hutzelten ins riesige, fensterhelle Luftschiff und umarmten Professor Theo Rättich, und der Elektrische Sturm Bohorok ließ sich krähend auf Zwolles Schulter nieder. Zwolle streichelte sein golden schimmerndes Gefieder. Theo staunte nicht schlecht, als man ihm erzählte, was geschehen war. Ja, er kannte die dreizehn Stufen der Wut. Ja, er wusste, dass ein Luftpirat sich seine Seele aus dem Leib schreien konnte. Er wusste auch, dass die Seele der Luftpiraten schwarz war. Und böse. Richtig böse. Doch auch Professor Theo Rättich hatte nie davon gehört, dass jemals eine solche Schwarze Seele den Körper eines Luftpiraten verlassen hätte. Folglich hatte er keine Ahnung, wie gefährlich so ein Böses Biest ihnen werden konnte. »Eins ist klar!«, sagte er. »Mit dem Bösen ist nicht zu spaßen! Ich denke, es wäre wirklich klug, wenn wir mehr über das Böse Biest in Erfahrung bringen.«

»Und wie?«, fragte Adiaba.

»In der Universitätsstadt, in Eboris, gibt es eine Finstere Bibliothek. Mit jeder Menge Dunkelbüchern über dunkle und böse Wesen. Vielleicht werde ich da fündig.«

»Wie lange wird das dauern?«

»Ich weiß nicht. Das ist nicht einfach. Die Finstere Bibliothek wurde seit Jahrhunderten nicht mehr betreten. Die Finstere Bibliothek heißt nicht nur so. Dort drinnen ist es wirklich stockfinster. Jedes Licht wird geschluckt. Von winzigen Lichtschluckern. Das sind kleine Wesen mit immer durstigen Rachen. Sie stürzen sich auf jede Lichtquelle. Schlucken sie sofort runter. Die Titel der Bücher sind in die Buchrücken gestanzt. Man kann sie nur mit den Fingern ertasten. Es wird eine Weile dauern, Zwolle, bis ich das richtige Dunkelbuch gefunden habe. Und noch länger, ehe ich es gelesen habe.«

»Dann nimm Kaspar mit!«, rief Zwolle. »Er fliegt schnell wie ein Drache. Dann bist du ruckzuck in Eboris! Und verlierst keine Zeit auf dem Weg!«

»Gute Idee.«

Theo redete ruhig und besonnen für einen Luftpiraten. Das hatte seine Gründe: Theo war uralt und hatte sein ganzes Leben lang mit seinen Studenten so viel gestritten und so viele ihrer Schriften schimpfend verrissen, dass er einfach müde geworden war: streitmüde. Außerdem schien Zwolles sonniges Gemüt tatsächlich all seine Freunde immer mehr anzustecken: Adiaba war sowieso längst nicht mehr so zornig wie vor seiner Zeit mit Zwolle. Kaspar war ohnehin kein Luftpirat und hatte schon immer beides gekonnt: friedlich sein wie ein Schaf und wild sein wie ein Tiger. Franka dagegen mochte Zwolle zwar, doch ihre Natur als Luftpiratin war viel stärker, weshalb sie oft genug Streit suchte.

Und Donna?

Was war mit Donna los?

Theo Rättich staunte nicht schlecht.

Die wildeste Brüllerin, wie sie genannt wurde, war jetzt wie auf den Kopf gestellt! Sie flötete und lächelte und strahlte. Es war, als schiene ihr die Sonne aus den Augen.

»Darf ich mir das mal näher anschauen?«, fragte Theo Rättich. Er war immer sehr interessiert an seltsamen Phänomenen und Rätseln und Merkwürdigkeiten aller Art.

»Aber sicher doch, Herr Professor.«

»Theo. Sag bitte Theo zu mir.«

»Gut. Theo. Siehst du etwas? In meinen Augen?«

»Sehr interessant. Sehr, sehr interessant!«

»Was denn?«

»Sie funkeln!«

»Wie schön!«

»Und Donna, sag mal, kannst du nun besser oder schlechter sehen als zuvor?«

»Ich sehe jetzt mit beiden Augen. Viel klarer als früher!«, sagte Donna. »Viel heller. Viel freundlicher.«

»Hochinteressant!«

»Ja. Die Gottesanbeterinnen sagten, ich sei erleuchtet! Ich werde versuchen, den anderen Luftpiraten zu helfen, ihre Ruhe wiederzufinden.«

»Ihre … Ruhe?«

»Ja. Yoga. Mit den Luftpiraten! Morgen früh fange ich an!«

Theo Rättich starrte sie verständnislos an. »Was meinst du?«

»Übungen, durch welche die Luftpiraten ruhiger werden. Gelassener. Ausgeglichener. Friedfertiger.«

»Ja, dann wünsche ich … äh … viel Erfolg!«, sagte Theo.

Am nächsten Morgen stieg Professor Theo Rättich auf den Drachen Kaspar. Er wandte sich noch einmal an seine Freunde, die am Fenster des Luftschiffs standen.

»Ich beeile mich!«, rief er. »Bin so schnell wie möglich wieder zurück. Ihr passt bitte auf. Das Böse Biest könnte sich hier irgendwo herumtreiben. In der Nähe von Donna.«

Die Freunde winkten Kaspar und Theo hinterher. Bohorok flog hoch in den Himmel und begleitete sie für ein paar Minuten. Dann kehrte er wieder zu Zwolle zurück.

Donna rieb sich die Hände und sagte: »Auf in die Arena!«

»Du meinst es ernst?«, fragte Adiaba.

»Ja.«

»Yoga-Übungen mit 100 Luftpiraten?«

»Ich habe alle 100 gestern noch per Luftpost angestupst.«

»Haben sie zurückgestupst?«

»Eher gerempelt. Also, ich weiß, es wird nicht einfach«, sagte Donna. »Aber ich will es versuchen.«

Eine Stunde später, pünktlich um acht Uhr am Morgen, versammelten sich rund 100 Luftpiraten brummend und grummelnd in der Arena. Am Eingang stand Adiaba und gab jedem von ihnen eine Beruhigungspille und einen Hustensaft aus Gute-Laune-Gräsern. Das war dringend nötig.

»Bäääh!«, murrten die Piraten, mussten den bitteren Saft aber schlucken. Der Hustensaft wirkte gut und regte das Husten an. In den ersten Minuten der Versammlung mussten alle Luftpiraten ständig husten. Und das war das Ziel: Denn hustende Luftpiraten können nicht brüllen.

»Jetzt«, sagte Donna und trat in ihre Mitte, »wollen wir uns alle ein wenig üben in Ruhe, Geduld, Wärme und Gelassenheit.«

»Was für'n Scheiß?«, riefen die Piraten. »Donna? Was ist los mit dir, alte Stänkerin? So kennen wir dich gar nicht!«

»Ich bin befreit!«

»Wie? Befreit?«

»Von der Wut!«

»Aber wir Luftpiraten bestehen nur aus Wut!! Und Lärm!! Und Geschrei!!« Und dann johlten die Luftpiraten eine Zeile ihres Lieblingsdichters Friedrich Brüller: »Lärm ist unser Elixier! Stille aber hassen wir!« Und weitere Zeilen von Friedrich Teufelbös Verkloppstock sowie Johann Wolfgang Faust.

»Das werden wir sehen!«, sagte Donna. »Für heute habe ich eine schöne Übung ausgesucht: den Sonnengruß!«

»Was!!?? Sonnengruß!? Warum sollen wir die bescheuerte Sonne grüßen? Das wäre ja noch schöner!! Bleib uns bloß vom Hals mit der blöden Sonne! Die Sonne ist eine Blenderin!«

»Lassen wir die Sonne doch erst einmal herein zu uns!«

Mit diesen Worten hutzelten Donna und Adiaba, Franka und Zwolle zu den Fenstern am Dach der Arena und schoben die schweren schwarzen Vorhänge beiseite.

»Iiiiiiiiiiiiiih!«, riefen die Piraten. »Mach bloß das Licht aus. Was soll das denn? Neiiiin!«

Donna aber ließ sich nicht beirren. »Macht es mir nach. Alle. Bitte. Ihr könnt ruhig euer Auge schließen. Und die Schultern nach hinten. Die Brust nach vorn. Jetzt einatmen bitte! Und die Arme hoch in die Luft strecken. Die Hände berühren einander.«

»Iiiih! Die eigenen Hände?«

»Ja! Seht ihr? Geht doch! Jetzt ausatmen bitte. Lasst alles raus! Den ganzen Atem.«

Die Luftpiraten donnerten wild und heftig.

Donna hielt sich die Ohren zu. »Nein! *Nur* ausatmen!«

»*Nur* ausatmen???«

»Ja! Ohne zu brüllen! Versucht es ruhig. Ich mach es euch vor. So. Einatmen. Pfffff. Ausatmen. Pfffff. Das innere Gleichgewicht halten. Spürt ihr die Sonne, die Wonne der Ruhe?«

Jetzt riefen die Piraten durcheinander.

»Nö!«

»Ich nicht!«

»Ich auch nicht!«

»Was für 'ne Tonne?«

»Sonne, sagt Donna!«

»Ich geb dir gleich was auf die Sonne!«

»Komm doch her!«

»Und schon«, sagte Donna, »nähern wir uns der schönsten Übung des Sonnengrußes. *Dem nach unten schauenden Hund.*«

»Ist die jetzt völlig übergeschnappt!?«

»Der nach unten schauende Hund?«

»Die Alte ist doch reif für die Windmühle!«

»Jetzt reicht's aber!!!«

»Schluss mit dem Sonnengekasper! Ende! Aus!«

»Leute!«, rief Adiaba jetzt. »Donna will euch doch nur helfen. Bedenkt, was wir vor Kurzem beschlossen haben.«

»Was haben wir denn beschlossen?«

Uff, dachte Adiaba. Das Gedächtnis der polternden Piraten schien nicht allzu dicht zu sein.

»Ihr sollt den Unterschied lernen zwischen einem *Sinnlosen Streit* und einem *Sinnvollen Streit.* Den Unterschied zwischen einem Streit, bei dem es *um nichts* geht, und einem Streit, bei dem es *um alles* geht. Den Unterschied zwischen blinder *Wut* und sehender *Empörung*. Ihr sollt lernen, dass ein sinnloser Streit euch gefährden und ein sinnvoller Streit euch erfüllen kann. Ihr sollt lernen, dass man durchaus für eine Sache streiten kann, und zwar gemeinsam. Ihr sollt für ein Ziel miteinander kämpfen, statt für nichts und wieder nichts gegeneinander. Deshalb werden – so ist es geplant und beschlossen – in Bälde immer zwei Luftpiraten zusammen in einem Luftloch wohnen!«

»Was? Wer hat das beschlossen? Ich? Mit meiner Nachbarin? In *einem* Luftloch? Mit dieser langweiligen Gewitterkuh?«

»Und du? Was denkst du, was du bist? Du Sonnenschleimer!«

»Du Luftmolch!!«

»Du Lockenwickler!!«

Die Yoga-Stunde endete in heillosem Chaos. Die Luftpiraten waren nicht mehr zu halten, sie zogen grölend und streitend ab. Adiaba seufzte. Es lag ein langer Weg vor ihnen, den Luftpiraten einen Funken Anstand beizubringen. Sie zu zweit in ein Luftloch stecken zu können: Davon war man noch wolkenweit entfernt.

11

Die Legende vom Weißen Luftpiraten

Doch Donna ließ sich nicht so schnell ins Bockshorn jagen. Ihre Yoga-Stunde war gescheitert. Okay. Aber GUT DING WILL WEILE HABEN! So schaukelte ein Geflügeltes Wort am Fenster der Arena vorbei, und die Buchstaben winkten ihr munter und friedlich zu. Ja. Donna stand erst am Anfang ihres Feldzugs für das Friedliche! Sie hatte viel Zeit. Eins aber war klar: Wenn sie von anderen Luftpiraten forderte, zu zweit in einem Luftloch zu wohnen, dann sollte sie ihnen ein gutes Beispiel geben.

»Sag mal, Franka«, fragte Donna, »könntest du rübergehen in Luftloch 13 und Zwolle einladen?«

»Was meinst du mit einladen?«, rief Franka.

»Hierhin. In unser Luftloch. Die ganze Nacht!«

Franka war sprachlos.

»Eine Übernachtungsparty!«, sagte Donna.

»Party?«

»Wir machen alle einen neuen Anfang. Du musst es versuchen. Zwei Luftpiratenkinder eine ganze Nacht zusammen in einem Luftloch: So was gab es noch nie!«

»Natürlich nicht! Das verstößt gegen die Abstandsregel! Luftpiraten haben immer einen Meter fünfzig Abstand zu halten!«

»Franka! Wir versuchen gerade, *die Regeln zu ändern.* Also bitte! Wenn du so *freundlich* sein würdest?«

Mit hochrotem Kopf hutzelte Franka durch den Vorhang zur Kellertür ihrer Nachbarn und riss sie auf.

»Hallo, Zwolle!«, rief sie.

»Hallo, Franka!«, sagte Zwolle, der gerade mit Kaspar spielte.

»Kannst du nicht klopfen?«, grummelte Adiaba.

»Höchstens mit den Fäusten trommeln!«

»Und? Was willst du hier?«

»Ich … Uaah! … Also gut. Donna sagt: Du sollst bei uns übernachten, Zwolle!«

»Na klar, Franka! Super Idee!«

»Waaas?«

Eine Stunde später saßen Franka, Donna und Zwolle schon gemeinsam am Esstisch in Luftloch Nummer 11. Franka schaute angewidert auf den Fraß, den Donna gekocht hatte. Es gab nichts

Wildes, Wüstes mehr, keines ihrer Leibgerichte, weder bissigen Bärlauch noch gefletschtes Wolfskraut, weder scharfe Peperoni noch Schwarzwurzeln, weder Knallerbsen noch glühend-heiße Rote Tröte. Es gab nicht mal Knackwürstchen, Bruzzler oder Kracher. Stattdessen? Unkraut! Sanft schwebenden Federkohl auf Vanille-Wölkchen! Süße Radieschen in einem Hauch von luftigem Wind-Ei-Schnee! Fade und kalte Weiße Bete! Und als Nachtisch: Schokoküsse! Zum Kotzen! Glücklicherweise hatte Franka einen Vorrat an Saurigkeiten unterm Luftbett versteckt, Donnerwatte, superbittere Stäbchen, Lakritz-Blitz-Schlangen und Aufbrausende Brause. Das alles würde sie später in sich hineinstopfen. Allein. Ohne Zwolle. Klar.

»Ihr könnt ja was spielen!«, sagte Donna nach dem Essen.

»Puuh!«, motzte Franka. »Und was?«

»Luftschiffe versenken!«, rief Zwolle.

»Was soll das denn für'n Mist sein?«

Zwolle erklärte ihr das Spiel.

Franka grummelte: »Von mir aus!«

Und dann malte jeder an den Rand eines Zettels Buchstaben und Zahlen sowie fünf Schiffe. Der andere musste jetzt zu erraten versuchen, wo die Schiffe standen, und sie dann – versenken. Das ging ungefähr zehn Minuten lang gut. Dann aber merkte Zwolle plötzlich, wie der Zettel in seiner Hand Feuer fing. Franka grölte vor Lachen und rief: »Treffer! Versenkt!« Zwolle seufzte. Franka hatte ihre Augenklappe hochgeschoben und mit ihrem Blitzauge ein kleines Feuerchen entfacht.

»Dann guckt doch ein bisschen fern!«, rief Donna, nachdem das Feuer gelöscht war.

»Echt? Dürfen wir?«

»Ja. Solange ihr drinnen bleibt. Ihr habt ja gesehen, wie schnell ich draußen vom Monsun eingesaugt worden bin. Es war nicht einfach, da wieder rauszukommen!«

Donna öffnete die Tür nach draußen, an die Frische-Luft, und Franka und Zwolle hockten sich nebeneinander und schauten fern, also, sie schauten in die Ferne der Welt vor dem Luftloch, sie sahen durch die Abenddämmerung noch ein ganzes Stück weit in den Himmel hinein. Immer wieder gondelten Geflügelte Worte vorbei, deren Buchstaben ihnen zuwinkten.

STILLE LÜFTE SIND TIEF!

DIE WOLKE FÄLLT NICHT WEIT VOM WIND!

EIN UNGLÜCK KOMMT SELTEN ALLEIN!

AUF REGEN FOLGT SONNENSCHEIN!

Eisvögel flogen vorüber, und träge, ständig schnaufende Sturmschildkröten schwebten durch die Winde. Ab und zu hörten Franka und Zwolle das Palavern zweier wüster Wetterschnepfen, die immer paarweise auftauchten und vorbeizischten.

Plötzlich trappelten – ganz nah am Luftloch – drei fette Luftmolche vorbei, zottelig und stinkend, sie sahen aus wie Schweine ohne Beine, und sie hatten zu viel Sternhagel-Likör gesoffen, das sah man sofort, sie grinsten und lachten und riefen »Buuh!«, weil sie so gern Luftpiratenkinder erschreckten. In der Tat, die Luftmolche waren wirklich sternhagelvoll. Sie rülpsten dreckig, und riefen wild durcheinander:

»Sucht ihr Streit?«

»Wollt ihr euch mit uns anlegen?«

»Kommt doch raus, ihr Feiglinge!«

»Oder wir kommen rein!«

»Dann gibt's Kloppe!«

»Los! Wir machen die fertig!«

Doch als sich die Luftmolche bedrohlich näherten, hob Franka ihre Augenklappe und schickte einen gezielten Blitz, der dem vordersten Luftmolch die Wuschelhaare versengte: Die anderen Luftmolche schrien auf. Alle bellten wütend durcheinander:

»Rache! Rache! Rache!!!«

»Na, warte! Das gibt Saures!«

»Wenn wir euch erwischen!«

»Los! Zurück, Leute!«

»Wir sagen es den anderen!«

»Passt bloß auf!«

»Wir gehören zu den Verrückten Fünfzehn!«

»Das war ein Fehler!«

»Rache ist Blutwurst!«

»Das wird euch noch leidtun!«

Endlich trappelten sie davon, im Schweinsgalopp. Im Gegensatz zu den Luftpiraten sind Luftmolche keine Einzelgänger, sondern Rudeltiere: Sie fühlen sich erst stark, wenn sich zehn oder eben fünfzehn von ihnen zusammenrotten. Und dann können sie gefährlich werden: Gemeine und verteufelt hinterhältige Wesen sind solche Luftmolche.

»Wer war das?«, fragte Donna und trat an den Eingang.

»Och. Nur ein paar Luftmolche!«

»Was? Mit denen legt ihr euch besser nicht an!«

»Wer sind die Verrückten Fünfzehn?«

»Oje, das ist eine üble Bande«, sagte Donna und schloss die Tür. »Wollt ihr noch eine Gute-Nacht-Geschichte hören?«

»Au ja!«, rief Zwolle.

»Was?«, sagte Franka verblüfft. »Du hast mir noch nie eine Gute-Nacht-Geschichte erzählt. Sonst hast du immer nur gebrüllt: Ab ins Bett und wehe, du schnarchst nicht!!«

»Stimmt. Alles ist anders jetzt, Franka.«

»Das sehe ich!«, murrte Franka.

»Und was willst du erzählen?«, fragte Zwolle.

»Es ist eigentlich keine Gute-Nacht-Geschichte, sondern etwas, das ich von den Gottesanbeterinnen erfahren habe. Ich glaube, das wird dich, Zwolle, besonders interessieren.«

»Warum?«

»Es geht um das Geheimnis deiner Herkunft.«

»Was? Meiner Herkunft?«

»Ja. Woher ein Weißer Luftpirat kommt. Wie er überhaupt entstanden ist. Also los, ihr beiden. Legt euch hin. Hört zu.«

Zwolle und Franka schlüpften gemeinsam in Frankas großes Bett, Franka rollte eine Decke zusammen und quetschte sie zwischen sie. Dann aber spitzten sie die Ohren. Donna begann: »Ihr wisst ja: Luftpiraten werden für gewöhnlich per Luftpost geschickt. Sie kommen in Paketen. In Luftpaketen. Aber irgendwer muss diese Pakete ja packen und losschicken, oder?«

»Ja.«

»Kein Luftpirat hat sich jemals dafür interessiert, wo diese Pakete mit den Luftpiratenkindern eigentlich herkommen. Und deshalb weiß es auch keiner. Ich muss gestehen: Auch ich habe mich nie dafür interessiert.«

»Ich auch nicht«, sagte Franka. »Aber gute Frage!«

»Und woher kommen sie denn?«, rief Zwolle. »Wer verschickt die Luftpakete?«

»Nun«, sagte Donna, »die Gottesanbeterinnen glauben: Das ist die Luftpiratenmutter.«

»Was für eine Luftpiratenmutter?«

»Sie lebt weit entfernt von uns, im Weltall. Noch jenseits des Tafelbergs, sagen die Gottesanbeterinnen. Sie ist eine urknallalte Frau. Die nur zwei Aufgaben hat: Luftpiratenbabys backen. Kleine Luftpakete packen.«

»Das reimt sich«, flüsterte Zwolle. »Luftpiratenbabys *backen*. Kleine Luftpakete *packen*.«

Und Franka lachte schräg und gluckste: »Luftpiratenbabys *backen*. Kleine Luftpakete *packen*. Bis sie in die Windeln *kacken*!«

Donna seufzte.

»Was meinst du mit *backen*?«, fragte Zwolle.

»Die Luftpiratenmutter rührt und knetet einen Teig und schiebt den Teig in ihren Backofen. Sie tunkt eine kleine Flamme ins rechte Auge: So entsteht das Blitzauge. Anschließend verbindet sie es mit der Augenklappe. Die Luftpiratenmutter heißt Bora. Sie hat vier Winde gefangen, Winde, die ihr helfen: Coromell, Notos, Karajol und Wambra. So nennen sich die Winde, die ins Ewige Feuer pusten, damit es nie erlischt und der Backofen auf immer brennt.«

»Ist ja echt spannend«, stöhnte Franka.

»Aber es gibt noch einen fünften Wind«, flüsterte Donna. »Einen furchtbar bösen Wind. Von dem die Luftpiratenmutter nichts weiß. Der böse Wind bläst bei jedem Luftpiratenbaby einmal heftig von unten ins Feuer und weht eine schwarze Ascheflocke ins Herz eines jeden einzelnen Teigs, den die Luftpiratenmutter backt. Und die böse, dunkle Ascheflocke wächst in dem Kind zu einer Schwarzen Seele heran, zu einem Bösen Biest. Die Ascheflocke sorgt dafür, dass ein Luftpirat immer zornig ist. Und graue Haut bekommt. So geht die Legende.«

»Und ein Weißer Luftpirat?«, flüsterte Zwolle atemlos. »Wie entsteht der?«

»Nun. Der fünfte Wind ist frei. Er heißt Samum. Er ist ein höllischer Wind. Alle tausend Jahre macht er eine kurze Pause vom Pusten und Wehen.«

Zwolle schluckte.

»Und genau in *diesem* Augenblick wird ein Luftpiratenkind gebacken *ohne Asche im Herzen*: ein Weißer Luftpirat.«

Zwolle hatte eine Träne im Auge.

»Ja«, sagte Donna. »So erzählen es die Gottesanbeterinnen.«

»Ist es denn wahr?«, fragte Zwolle. »Ist es denn wirklich so? Oder nur eine Geschichte?«

»Das weiß ich nicht«, sagte Donna.

»Es klingt irgendwie richtig«, murmelte Zwolle.

»Wisst ihr, Kinder, ich habe noch mehr erfahren. Von den Gottesanbeterinnen.«

»Habt ihr so viel geredet im Regenwald?«, rief Franka.

»Das stimmt, Franka. Jetzt hört zu: Es gibt noch *eine andere Möglichkeit*, wie Luftpiraten Kinder bekommen können! Und zwar ohne jedes Luftpaket!«

»Wie soll das gehen? *Ohne* Luftpaket?«

»Die Art, Kinder selber zu zeugen, ist bei den Luftpiraten schon lange in Vergessenheit geraten.«

»Erzählst du sie uns?«

»Nun. Ich denke, ich kann euch darüber aufklären. Ihr seid alt genug. Hört zu. Das geht so. Die Luftpiraten …«

In diesem Augenblick klopfte es an Donna Brubus Tür zur Frischen-Luft, jemand trommelte draußen, wild und wüst.

12

Der Große Potz hat sich verknallt

»Wer kann das jetzt noch sein?«, fragte Donna. »So spät?«

Donna hutzelte zur Tür und öffnete sie. Draußen stand, schwebte, schuffelte auf der Stelle – der Große Potz. Er hutzelte seltsam verknotet dort, als leide er allergrößte Qualen. Er knetete den Schlapphut in der einen Hand und in der anderen hielt er einen Strauß struppiger, stechender, stinkender Kosmos-Kakteen.

»Oh! Hallo, Potz!«, flötete Donna.

»Hallo … Donna!«

»Was verschafft mir die Ehre dieses unverhofften Besuches?«

»Ich … äh … Was? Ehre? Unverhofft? So ein … Ich … Also … Ich war hier gerade in der Gegend«, stotterte Potz. »Da dachte ich … Kann ich reinkommen, Alte?«, maulte er plötzlich.

Donna lächelte. Sie wusste sofort: Der Große Potz hatte sich verknallt. In *sie*: in Donna Brubu! *Sich zu verknallen* ist eigentlich das Allerletzte, was einem Luftpiraten passieren darf. Knallen, ja! Das durften sie! Das mussten sie! Das konnten sie! Gut sogar! Aber *ver*knallen? Niemals! Das war wie *ver*irren, *ver*stören! Wenn ein Luftpirat sich *ver*knallt, dann *vertut* er sich. Dann knallt der Donner nicht dahin, wo er hingehen soll, nämlich nach draußen, nein, der Donner knallt *nach innen*. Ein lauter Knall ins Innere hinein: Der Luftpirat *ver*-knallt sich. Genau das schien beim Großen Potz der Fall zu sein. Er grinste schief.

»Aber gern! Komm rein!«, flüsterte Donna.

»Was? Zu dir?«

Potz schien seltsam unentschieden. Hin- und hergerissen. Einerseits wollte er *unbedingt* so lange wie möglich bei Donna bleiben. Andererseits wollte er *unbedingt* so schnell wie möglich wieder weg von ihr. Und beides gleichzeitig! Einerseits himmelte er Donna regelrecht an: mit Blicken und schmachtenden Seufzern. Andererseits wetterte er hin und wieder schroffe Worte, und sein altes Verhalten als waschechter Luftpirat brach durch. Einerseits war er mit Haut und Schlapphut in Donna verknallt. Andererseits riss er sich wieder und wieder aus dieser furchtbaren Verfallenheit heraus. Einerseits hatte er nie etwas *Schöneres* verspürt als dieses Fremdgefühl. Andererseits aber nie etwas *Schlimmeres*. Und beides zugleich! So kam es, dass sich der Große Potz die ganze Zeit selber unterbrach und den Ton wechselte, in dem er mal luftig säuselte, mal schroff brüllte, ja, ab und zu gab sich der Große Potz sogar selber Ohrfeigen: Immer, wenn er sich zu sehr über sein lasches Verhalten ärgerte und zur Ordnung rufen wollte.

»Na klar!«, flötete Donna. »Du hast mir Blumen mitgebracht?«

»Ja. Kosmos-Kakteen!«, hüstelte der Große Potz. Dann schrie er sie an: »Hier hast du den Salat!« Und warf Donna die Kakteen zu. »Hab ich unterwegs gefunden! Lächerliches Grünzeug!« Der Große Potz segelte ins Luftloch hinein. »Mann, sieht das scheiße aus hier drinnen«, rief er, um Donna Brubu ein Kompliment zu machen. »Der Dreck überall! Der Luftstaub! Das ist wirklich das mit Abstand hässlichste und beschissenste Loch, das ich je in meinem Leben gesehen habe!«

»Danke«, sagte Donna und senkte den Blick.

»*Danke!!??*«, schrie Potz jetzt wieder. »Was ist denn mit dir los, du alte Schabracke? Ich dachte, du bist eine wilde Stänkerin! Die beste Donnerin Ätherias! Donna Brubu! Ich habe deinen Brüller gehört! Auf der Wolke! Damals. Vor vier Wochen! Und ich habe mich total in dich verkn… Äh … Was zu trinken hier, Alte?«

»Regenplörre?«

»Regenplörre verleiht Flügel! Her damit!«

Donna hutzelte in den Keller.

Als Donna fort war, warf Franka sofort die Federdecke weg, hutzelte aus dem Bett und flog zum Großen Potz. »Potz!«, rief Franka. »Du hast mir das Leben gerettet! Im Regenwald. Dann warst du plötzlich weg. Potz! Du bist der größte Blitzer aller Zeiten! Kriege ich ein Flautogramm? Bringst du mir das Blitzen bei? Ich meine das Potz-Blitzen? Nicht das Pipi-Blitzen, das hier jeder kann!?«

Potz wieherte lachend. »Das nenn ich Mut! Das nenn ich Courage! Du willst das Potz-Blitzen lernen! Das hat mich noch nie jemand gefragt. Das hat sich noch nie jemand getraut! Alle Achtung! Wie heißt du?«

»Franka! Ich bin Donna Brubus Tochter!«

»Oh, da wird mir alles klar! DER TROPFEN FÄLLT NICHT WEIT VOM SCHWAMM! Okay. Franka. Ich werd sehen, was sich machen lässt, Kleine. Aber jetzt erst mal zurück ins Bettchen! Vermassel mir nicht die Tour bei deiner Mutter!«

Franka tat, was der Große Potz ihr befohlen hatte.

Schon kam Donna mit zwei Gläsern und reichte eines ihrem Freund. Dabei streifte sie mit den Fingern die Hand vom Potz, es sprühte Funken zwischen ihnen, ein knuspriges Feuerwerk.

»Mama!«, rief Franka.

»Ja?«

»Du wolltest doch erzählen, wie Kinder entstehen.«

»Was?«, schrie der Große Potz, verschluckte sich an der Regenplörre und hustete kurz.

»Stimmt«, sagte Donna.

»Kinder!?«, rief Potz. »Etwa Luftpiratenkinder!?«

»Ja.«

»Kommen per Luftpost! Das weiß doch jedes Regenschirmchen!«, rief der Große Potz. »So wahr ich Willy Willy heiße!«

»Du heißt Willy Willy? Willy Willy Potz? Wie süß!«

»Was? Ich? Wie? Wo?«

Der Große Potz hustete. Es war ihm unangenehm, dass er seinen so undonnerhaften Doppel-Vornamen verraten hatte.

»Es gibt noch eine andere Möglichkeit, wie Kinder entstehen, Willy Willy«, sagte Donna. »Diese Möglichkeit ist aber schon seit langen Zeiten in Vergessenheit geraten bei den Luftpiraten.«

»Schwafel nicht rum, Donna! Red kein Wetterblech! Wie soll das gehen? Kinder? Ohne jedes Paket? Lächerlich!«

»Durch Nähe!«, sagte Donna.

»Nein!«, rief der Große Potz.

»Doch!«

»Nähe?«

»Ja!«

»Nein!«

»Doch!«

»Und sonst noch was?«

»Durch Berührung.«

»Nein!«

»Doch!«

»Berührung?«

»Ja.«

»Und sonst?

»Nähe und Berührung. Das sagen die Gottesanbeterinnen. Auf natürliche Art und Weise können dadurch neue Luftpiratenkinder entstehen.«

Dem Großen Potz quollen beinah die Augen aus dem Schädel.

»Ja«, fuhr Donna fort. »Das geht so: Zwei Luftpiraten stellen sich gegenüber hin. Und schauen sich an.«

»Ohne zu blitzen?«

»Ja.«

»Uaah!«

»Und halten sich bei den Händen. Berühren sich.«

»Wahnsinn!«, keuchte der Große Potz.

»Dann legen sie ihre Lippen aufeinander. Und küssen sich.«

»Auf den Mund?«

»Ja!«

»Nein!«

»Doch!«

»Uaaaah!«

»Und dann?«

»Strecken sie die Hände aus. Alle vier. Sie verschränken die Hände ineinander. Die Finger. Und zehn Minuten später liegt es da, das Luftpiratenbaby. In ihren Händen. Es ist ein Geschenk. Aus der Luft gezaubert. Ein Luftgeschenk. Entstanden aus einem Hauch der Nähe.«

»Nein!«

»Doch!«

»Küssen!!!???«, rief der Große Potz und redete abwechselnd laut und leise, heftig und nachdenklich, weil zwei Seiten in seinem Herzen miteinander im Streit lagen. »Lippen!? Kannste vergessen, Alte! Kannste in den Wind schießen! Kommt nicht infrage! … Obwohl. Hm. Schön wär's schon! … Waas? Nein! Widerlich! … Doch! Man könnte ja mal versuchen … Ich glaub, ich muss raus hier! Das wird mir zu viel! Ich dreh durch! So ein Luftschwindel! … Oder ich bleib einfach noch 'ne Weile? … Ich komme nie wieder, Donna!! Hörst du? … Küssen! Heiße Kiste! … Hat man so was schon gehört? … Also dann, bis bald, Donna! … Auf nimmer Wiedersehen! Du Hexe!!«

Völlig aufgelöst und sich pausenlos widersprechend hutzelte Potz aus Luftloch Nummer 11 und knallte die Tür hinter sich zu.

»Nun«, sagte Donna Brubu und lächelte. »Du wirst bald wieder hier auftauchen, mein Lieber. Da bin ich mir sicher.«

»Hoffentlich!«, rief Franka. »Ich will, dass er mir das Potz-Blitzen beibringt.«

»Das werden wir sehen, Franka«, sagte Donna. »Jedenfalls, schaut mal: Ich habe im Keller Glühbirnchen gefangen. Für die Nacht.« Donna hutzelte zum Schrein in der Ecke und holte ein Glas, in dem sieben winzige Glühbirnchen mit Glubschaugen schwebten und zirpten und knisternd leuchteten.

»Was willst du denn mit diesen Viechern?«, fragte Franka.

»Ich möchte nicht mehr, dass es stockdunkel ist in der Nacht. Die Dunkelheit verfinstert die Sinne der Luftpiraten. Sie krallt sich des Nachts in die Köpfe. Das muss aufhören. Auch nachts sollte jedem ein kleines Lichtlein leuchten.«

»Himmel hilf!«, seufzte Franka und drehte sich vom Licht weg.

»Ruhe jetzt!«, sagte Donna. »Es wird geschlafen. Bitte leise.«

»Leise? Ich soll nicht mehr schnarchen?«, seufzte Franka. »Ich weiß nicht, ob ich das kann!«

Und Donna murmelte: »Du wirst es lernen müssen!«

13

Ein Albtraum in der Nacht

Während Franka und auch Donna sofort einschliefen, lag Zwolle noch lange wach. Er dachte nach über das, was Donna erzählt hatte. Eine Legende. Etwas, woran die Gottesanbeterinnen glaubten. Der böse Wind namens Samum hatte in tausend Jahren eine kleine Sekunde lang Pause gemacht und nicht geweht. Und deshalb fühlte Zwolle keinen Aschefetzen in sich. Keine Schwarze Seele. Kein Böses Biest. Vielleicht war es wahr. Vielleicht war alles genauso geschehen. Wer wusste das schon?

Was aber hatte es auf sich mit der Berührung, von der Donna gesprochen hatte? Berührung. Nähe. Das klang in Zwolles Ohren ganz wunderbar. Wie etwas, das er seit langer Zeit vermisste. Hm. Zwolle überlegte kurz, ob er vielleicht Frankas Hand halten sollte im Schlaf, aber nein, besser nicht. Gewöhnliche Luftpiraten haben schon Mühe, sich selber die Hand zu reichen. Mit Fremdhänden tun sie sich noch viel schwerer. Franka würde Funken schlagen und grummeln und einen Streit vom Zaun brechen.

Endlich schlief auch Zwolle ein.

Doch sein Schlaf war mehr als unruhig.

Mitten in der Nacht wachte er auf.

Er hatte ein Geräusch gehört. Ein Summen. Ein Zischen. Ja. Da war irgendwas. Hier. Im Luftloch. Er wollte sich aufrichten, blieb aber liegen. Wie gelähmt. Er konnte nichts dagegen tun. Er konnte sich nicht regen. Er lag einfach nur da. Still. Die sieben Glühbirnchen leuchteten, aber sie hatten sich auf den Boden des Glases gelegt. Zwolle schien, als würden sie zittern und wimmern. Vor Angst.

Donna wälzte sich im Schlaf. Sie warf sich hin und her. Als hätte sie einen furchtbaren Albtraum. Für gewöhnlich lieben Luftpiraten Albträume, aber Donna war keine gewöhnliche Luftpiratin mehr. Und sie schien jetzt *tatsächlich* etwas Furchtbares zu träumen. Sie stöhnte im Schlaf. Ihre Augen waren fest geschlossen.

Da hörte Zwolle ein Geräusch. Etwas war da! Es lag hinter Donna. Wurde von ihrem mächtigen Körper verborgen. Etwas, das schräg kratzte, leise, leise, und das Kratzen ging Zwolle durch Mark und Bein, obwohl es so leise war. Fast wie ein Ton im Ohr. Und dann flog etwas hinter Donna hervor. Zwolle hielt den Atem an: Es war das Biest! Das Böse Biest!

Das Biest schwirrte mit seinen vier Flügelstummeln dicht über Donna Brubus Gesicht. Zwolle konnte den Blick nicht wenden. Was sollte er tun? Donna helfen? Nur wie? Das Biest war mehr als unheimlich. Es loderte schwarz. Es lachte leise. Böse und gemein.

Wie ein Teufel. Zwolle sah den langen Schwanz, der hin und wieder durch die Luft peitschte. Ein Schwanz mit einer Spitze daran. Donna befand sich in größter Gefahr. Doch Zwolle war unfähig, ihr zu helfen. Unfähig, überhaupt etwas zu tun. Er lag da wie ein Eisblock. In Angst und Entsetzen. Er hätte aufspringen müssen. Das Wesen verjagen. Oder einfangen. Er blieb still. Er hätte Franka wecken können. Schreien. Aber nein. Zwolle konnte nichts tun. Solch eine Furcht hatte er nie zuvor verspürt.

Und Zwolle atmete aus. Ein wenig zu laut. Das Biest drehte sich um. Blickte zu Zwolle und Franka. Zwolle schloss sofort die Augen. Er stellte sich schlafend. Das Biest näherte sich. Schon surrte es über den beiden. Franka merkte nichts davon. Sie schlief tief und wetterfest. Zwolle hätte nur die Hände ausstrecken müssen, um das Biest zu fangen, zu schnappen. Es war nicht groß. Wie eine fliegende Kröte vielleicht. Eine schäbige schwarze Kröte. Zwolle hätte den Körper packen und das Biest einsperren können. Ins Glas mit den Glühbirnchen. Es ging nicht. Er konnte es nicht. Er wollte es schon. Er wollte die Arme ausfahren. Zuschnappen. Aber sein Körper versagte ihm den Dienst. Er lag reglos da. Sogar seine Lider waren unendlich schwer. Bleischwer. *Ich will nicht gestochen werden*, dachte er jetzt. Davor hatte Zwolle Angst. Vor dem Stich. Eine irre Angst.

Und schon zischte das Biest ab. Es tat ihnen nichts. Es verschwand durch die Kellertür nach unten. Zwolle hörte noch ein rumpelndes Lachen im Keller, das nach oben hallte. Gänsehaut. Dann war es still. Und Zwolle legte die Hände aufs Gesicht.

Zwolle tat die ganze Nacht kein Auge mehr zu. Er lag dort, auf dem Rücken, in seinen Kissen, und er konnte nicht schlafen. Er zitterte am ganzen Leib. Und schwitzte. Als Franka endlich die Augen öffnete, stand auch Zwolle auf.

»Was ist denn mit dir los?«, fragte Franka.

»Ich hab mir wohl was eingefangen. Erkältung. Keine Ahnung.

Ich … ich muss zurück. Zu Adiaba«, stotterte Zwolle. Er wollte so schnell wie möglich fort von hier. Nicht von seiner Angst erzählen müssen. Von dieser höllischen Nacht.

Da rief die erwachende Donna: »Nein! Was für ein Traum!«

»Ein Zuckertraum?«, fragte Franka.

»Ein Albtraum!«

»Ist doch toll!«

»Für mich nicht, Franka.«

»Stimmt! Vergess ich immer! Wovon hast du geträumt?«

»Vom Bösen Biest.«

»Oh.«

»Ich hab geträumt, dass es hier war, heute Nacht. In unserem Luftloch!«

»Ehrlich?«

»Es hat mir etwas ins Ohr geflüstert. Was war es nur? Etwas ganz und gar Hässliches! Au. Das tut weh.«

»Was denn?«

»Es schmerzt. Das Loch!«

»Welches Loch?«

»Das Loch im Unterarm. Die Wunde. Dort, wo das Böse Biest mich gestochen hat.« Donna schob den Ärmel ihres schwarz-weißen Umhangs beiseite und schaute auf das Loch in ihrem Arm. Das Loch vom Stachel des Schwarzen Biests. »Nein«, rief Donna erschrocken. »Schaut mal her!«

Franka hutzelte zu Donna. Auch Zwolle näherte sich. Vom Loch der Wunde lief ein tiefdunkler Strich an Donnas Unterarm empor. Donna schob den Umhang höher. Der Strich lief hoch bis in die Achselhöhle. Dort endete er.

»Was ist das?«, rief Franka.

»Eine Blutvergiftung«, sagte Donna tonlos.

»Und was passiert, wenn das Gift dein Herz erreicht?«

»Vielleicht kippe ich tot um. Ich weiß es nicht.«

»Mama!«

Franka sprang ihrer Mutter in den Arm.

Zwolle dagegen schüttelte kurz den Kopf. »Das darf nicht passieren. Auf keinen Fall.« Und dann gab er sich einen Ruck und flüsterte: »Ich muss euch etwas sagen!« Zwolle setzte sich auf ein Luftpolster und senkte den Kopf. »Donna! Es tut mir leid. Das war kein Traum! Das Böse Biest war wirklich hier!«

»Was sagst du? Wann?«

»Heute Nacht! Ich hab es gesehen!«

»Du hast es gesehen!?«

Und Zwolle erzählte, was geschehen war, und er verschwieg nichts, auch nicht seine übergroße, entsetzliche Angst vor dem Biest und seine Lähmung, und als er alles erzählte, fühlte es sich unglaublich schlimm an, und er kam sich vor wie ein Verlierer.

»Moment mal!«, polterte Franka. »Willst du sagen, das Biest war hier?«

»Ja.«

»Und es ist über Donna geschwebt?«

»Ja.«

»Und du hast *nichts gemacht*?«

»Nein.«

»Das Biest hätte Donna töten können! Und du bist einfach so *liegen geblieben*?«

Zwolle nickte. Er wusste, was jetzt kommen würde.

»Und dann war es über dir? Und mir? Du musstest nur die Arme ausstrecken? Du musstest es nur packen! Wir hätten es eingesperrt! Und du hast so getan, als würdest du schlafen?«

Zwolle nickte.

»Warum hast du mich nicht geweckt!?«

»Ich konnte einfach nichts tun. Ich konnte mich nicht mehr bewegen. Ich lag da wie gelähmt. Ich hatte Angst, Franka!«

»Jetzt sagst du die Wahrheit!«, flüsterte Franka traurig. »Du bist ein Feigling! Geh. Ich will dich nicht mehr sehen!«

Und Franka wandte sich von ihm ab.

»Franka!«, sagte Donna. »Sei nicht so streng zu ihm.«

Doch Franka schwieg jetzt. Eisig. Und Zwolle verließ das Luftloch Nummer 11. Was ihn am meisten bedrückte: Franka hatte ihre Worte gar nicht gebrüllt. Wie üblich. Kein Donner wie üblich. Nein. Franka hatte ganz ruhig gesprochen, langsam und nachdrücklich. Das war viel schlimmer als der lauteste Donner.

14

Zwolle sucht seinen Mut

Zwolle war traurig. Denn Franka hatte recht mit dem, was sie sagte: Er war ein Feigling. Und ärgerte sich. Über sich selbst. Warum hatte er das Biest nicht geschnappt? Warum hatte er nicht wenigstens geschrien? Und Donna und Franka geweckt? Woher kam diese tiefe Angst? Die ihn voll und ganz gelähmt hatte?

Zwolle hutzelte nicht zu Adiaba, sondern ins Luftschiff. Dort saß er, allein, traurig, nachdenklich, in sich gekehrt. Am Fenster gondelte ein Geflügeltes Wort vorbei. Die Buchstaben rangen miteinander. Zwolle schaute hin. NUR WUT! So hieß das Geflügelte Wort. Doch die linke Spitze des zweiten U stupste das W an, sodass es kippte und zu einem M wurde. Das Geflügelte Wort hieß jetzt: NUR MUT! Doch das benachbarte R, ein wüster, wilder Rabauke mit wuscheligen Haaren, trat dem M gegen das linke Schienbein, das M schlug einen Purzelbaum und wurde zum W. Das Geflügelte Wort lautete wieder: NUR WUT! Der Kampf zwischen R und U ging von vorne los.

Da flog Bohorok herbei, Zwolles golden schimmernder Rabe,

und hockte sich auf Zwolles rechte Schulter. »Du bist bedrückt?«, sagte Bohorok. »Ich kann es erknistern.«

Zwolle nickte.

»Was ist geschehen?«

Und Zwolle erzählte seinem Freund alles über die Nacht und über die Angst, über seine Lähmung, über das Böse Biest und über Frankas riesengroße Enttäuschung.

»Und was willst du jetzt tun?«, fragte Bohorok.

»Ich weiß nicht.«

»Wir könnten das Böse Biest suchen«, sagte Bohorok. »Besser, als untätig hier herumzusitzen. Wenn wir das Biest finden und fangen, kannst du deinen Fehler vielleicht wieder wettmachen.«

Zwolle überlegte eine Weile. Bohoroks Gedanke leuchtete ihm ein. »Ja«, sagte er schließlich und nickte. »Das ist eine gute Idee.«

»Wo denkst du, könnte sich das Biest verstecken?«

Zwolle dachte nach. »Irgendwo im Dunkeln. Im Warmen.«

»Vielleicht in einem der Hochöfen?«, knisterte Bohorok.

»Ja!«, rief Zwolle. »Genau!«

In jedem Keller eines jeden Luftlochs steht ein Hochofen, den die Piraten brauchen, um Weißglut herzustellen, was nur selten geschieht (zum Beispiel an Wein-Nachten), eine aufwendige Prozedur, die sämtlichen faulen Luftpiraten in der Regel zu anstrengend ist. Deshalb stehen die Hochöfen die meiste Zeit unbenutzt in den Kellern, obwohl sie niemals richtig erkalten.

»Dann los!«, krächzte Bohorok. »Fangen wir gleich an mit der Suche!«

»Nein«, sagte Zwolle. »Du nicht, Bohorok. Ich muss das allein machen. Ich muss meine Angst *allein* überwinden!«

»Wovon sprichst du?«

»Franka hält mich für einen Feigling!«, rief Zwolle. »Ich will ihr zeigen, dass ich keiner bin! Ich will ihr meinen Mut beweisen. Deshalb muss ich das Biest *allein* suchen. Und finden! Und fangen! Vielleicht verzeiht Franka mir dann.«

»Das«, sagte Bohorok, »ist dumm.«

»Mir egal«, sagte Zwolle.

»Wie du willst«, krächzte Bohorok. »Die Entscheidung liegt bei dir. Wähle gut: Entweder ein lebender Feigling oder ein toter Dummkopf.« Bohorok flatterte mit diesen Worten auf seine Stange unter der Decke und steckte den Kopf ins Gefieder. Das machte er, wenn er schlafen wollte.

Zwolle aber schnellte hoch. Tatendurstig. Wenn er das Böse Biest fangen wollte, brauchte er ein Netz und einen Käfig. Wo würde er dies finden? Klar! In Donna Brubus Lufttierhandlung! Da gäbe es auf alle Fälle Käfige. Und bestimmt auch Netze.

Sofort hutzelte Zwolle hin. Durch die unterluftigen Gänge.

Donnas Schild prangte noch immer an der Tür:

Bleibt bloß draußen!
Sonst gibt's Saures!

Zwolle öffnete, und es ertönte ein Glöckchen.

»Wer da?«, hörte Zwolle eine finstere, weibliche Stimme.

»Zwolle. Zwolle Adiaba.«

»Der Weiße Dreikäsehoch?«

»Ja. Und du bist Yamase?«, fragte Zwolle.

Adiaba hatte es ihm erzählt: Nach Donnas Verschwinden war die Luftpiratin Yamase bestimmt worden, die Lufttierhandlung zu übernehmen. Vor allen Dingen mussten die Tiere täglich gefüttert und die Käfige sauber gemacht werden.

»Natürlich bin ich Yamase!«, rief sie. »Vier Wochen häng ich schon hier rum! Und füttere diese Drecks-Lufttiere! Damit die nicht krepieren. Das würde ja zum Himmel stinken!«

»Danke! Das ist nett von Ihnen.«

»Nett!!?? Nein! Das ist nicht nett! Irgendwer *muss* das machen! Also: Was willst du? Ein Lufttier?«

»Nein. Nur einen Käfig und ein Netz.«

»Lufttier-Bedarf liegt hinten in der letzten Ecke. Such dir selber zusammen, was du brauchst.«

»Danke!«

»Pffft!«

Zwolle schob sich an den Käfigen mit den größeren und ein wenig stinkenden Lufttieren vorbei: Zottel-Protzer, Donnerdackel und Brüll-Terrier, aber auch Orkan-Otter, lichtscheue Taifun-Rehe, Regen-Schlürfer mit breiten Mäulern, linkische Tau-Tapser sowie ein (noch junges) Monsunkrokodil, das in seinem Käfig schwebte, ungefährlich und pappsatt von der letzten Fütterung. Es gab Schnee-Hasen und Eis-Kaninchen, Fliegende Fische und auch einen großen Glaskäfig mit allerhand Spinnentieren: Wind- und Vogelspinnen, Glibber- und Zitterspinnen.

In der letzten Ecke der Lufttierhandlung fand Zwolle ein Regal mit leeren Käfigen und auch jede Menge Netze. Zwolle entschied sich für einen Krähen-Käfig aus engmaschigen Gittern und einen stabilen Käscher, den man benötigte zum Fangen wilder Laktose-Lachse in der Milchstraße. Als Zwolle alles beisammen hatte, hörte er das Türglöckchen wieder klingeln. Er hielt inne.

»Was ist denn heute los?«, schimpfte Yamase. »Ach, Donna! Du bist es! Wieder da? Endlich!!! Na, Gott sei's getrommelt! Dann komm ich wieder raus aus dem stinkigen Mief hier!«

»Yamase!«, sagte Donna. »Ich möchte dir danken!«

»Waaas?«

»Dass du während meiner Abwesenheit auf meine Tiere aufgepasst hast. Und ich habe eine Bitte an dich!«

»Was sagst du?«, rief Yamase. »Danke? Bitte? Leck mich am Zottel! Bist du krank, Donna? Kein Fieber mehr!?«

Zwolle wollte nicht, dass Donna ihn sah, und er hielt sich hinter einem Käfig versteckt, in dem fünf gackernde und scharrende Wetterhühner nach Windkörnern pickten. WER WIND SÄT, WIRD STURM ERNTEN, heißt ein Geflügeltes Wort. Wetterhühner sind ungemein wichtig für das aerologische Gleichgewicht am Himmel. Würden die Windkörner nicht aufgepickt und gefressen, so würden sich viele Windkörner zu rasanten Stürmen entwickeln. Gegenüber stand ein Käfig mit einem einzelnen Wetterhahn, der schrill krähte, gockelnd auf und ab stolzierte und den Hühnern zeigte, was für ein prächtiges Federkleid er besaß.

»Ja«, sagte Donna. »Ich habe mich gewandelt, Yamase. Ich bin eine andere nun. Ich sehe die Dinge in einem neuen Licht. Und vor allen Dingen, meine werte Yamase: Ich bin nicht mehr laut. Ich bin: geläutert! Das heißt: gereinigt. Gereinigt von jedweder Wut. Heute Morgen habe ich mein Fieber gemessen, Yamase. Ich bin schon unter 36 Grad gerutscht! 35,8.«

»Was? Dann bist du ja scheintot!!!«

»Nein, Yamase. Ich bin einfach nur ruhig. Und friedlich. So wunderbar ausgeglichen. Daher auch meine Bitte. Diese armen Geschöpfe, ach, all diese Lufttiere, wir müssen sie freilassen! Sofort! Sie sollen raus an den Himmel, wo sie hingehören, an die freie Sonne, sie sollen wieder so leben, wie sie leben wollen! Komm, Yamase! Wir fangen an mit den Flügelschlägern!«

Yamase schien nicht zu wissen, was sie sagen sollte. Solche

Worte hatte sie noch nie im Leben gehört. Sie stotterte: »Also gut. Von mir aus. Dann muss ich wenigstens nicht mehr hier sitzen und die Viecher füttern. Los. Ich nehme die zwei vorderen Käfige und du die zwei hinteren.«

Von seinem Versteck aus beobachtete Zwolle, wie Donna und Yamase sich jeweils zwei Käfige mit Flügelschlägern schnappten. Flügelschläger sind Wesen, die so ähnlich aussehen wie Adler. Sie können aber ihre riesigen Flügel zu richtigen Fäusten ballen. Auf diese Weise schlagen sie nicht nur mit den Flügeln, um zu fliegen, nein, sie können mit ihren Flügeln auch richtig *zuschlagen*. Ihre Schwingen breiten sie entweder aus, um zu segeln, oder aber sie winkeln sie an, um dem Gegner im Kampf einen Schwinger zu versetzen: Schwinger sind Schläge mit angewinkeltem Arm oder Flügel oder eben – Schwingen. Die Flügelschläger waren echt fiese Schlägertypen, denen man besser nicht in die Quere kam. Wenn man sie freiließ an der Frischen-Luft, dann musste man schauen, dass man sich gleich danach aus dem Nebel machte.

Um Hochöfen zu durchsuchen, würde Zwolle Licht brauchen. In der Lufttierhandlung füllte er ein Glas mit Glühbirnchen und schraubte es fest zu. Dann klaubte er ein paar der herumliegenden Bindfäden, die es hin und wieder regnet und die von Luftpiraten

IV

gerne gesammelt werden: Bindfäden sind praktische Schnüre, die man gut gebrauchen kann. Zwolle band sich mit den Schnüren zunächst das Glühbirnchen-Glas um den Hals. Die kleinen, aber leuchtkräftigen Glühbirnchen schauten zu ihm hoch und zirpten leise. Dann befestigte er weitere Schnüre am Käfig und schnallte sich diesen wie einen Rucksack auf den Rücken. Zum Schluss machte er auch den Käscher daran fest. So hatte er die Hände frei: Die Suche nach dem Bösen Biest konnte beginnen.

Zwolle brauchte eine Reihenfolge. Keines der Luftlöcher durfte vergessen werden, und keines doppelt durchsucht. Er begann mit Luftloch Nummer 1. Und er blieb zunächst bei den Luftlöchern mit ungeraden Nummern. In aufsteigender Reihenfolge. 1 – 3 – 5 – 7 und so weiter. Als Zwolle bei Nummer 99 angekommen war, wechselte er die Seite und durchsuchte alle Luftlöcher mit geraden Nummern. In absteigender Reihenfolge: 100 – 98 – 96 – 94 und so weiter.

Die Suche lief immer gleich ab: Zwolle schuffelte zum Vorhang eines Luftlochs, lugte hinein, durchquerte den fremden Keller, so leise wie möglich, und er hielt das Glas mit den Glühbirnchen in den schwarzen, erloschenen Hochofen, mit klopfendem Herzen, weil er damit rechnen musste: Das Böse Biest könnte aus dem Dunkel auftauchen, hervorbrechen, durch die Luft auf ihn zurasen und ihn stechen.

Zum Glück war Wochenmitte und die Schule geschlossen. Am

Donnerstag bekam man immer frei zum Donnern. Freitag war sowieso ein freier Tag. Den Samstag brauchten alle Luftpiraten, um sich auf den ekelhaften Sonntag vorzubereiten, an dem die Woche wieder von Neuem begann. Zwolle benötigte den ganzen Freitag und Samstag, um alle Hochöfen in allen Luftloch-Kellern zu durchsuchen. Ohne den geringsten Erfolg. Das Böse Biest war nicht aufzustöbern. Einerseits war Zwolle froh, dass er den Mut gefunden hatte, nach dem Biest zu suchen. Andererseits war er aber auch froh, dass er es *nicht* gefunden hatte. Er wusste nicht, ob er wieder in diese Lähmung fallen würde, wenn er das Biest sähe.

Am Sonntagmorgen erwachte Zwolle und hutzelte mit Adiaba zur Schule. Er dachte, er würde Franka wiedersehen und ihr erzählen können, dass er seinen Fehler wiedergutmachen wolle! Doch Franka fehlte. Zwolle brummte enttäuscht und brachte den Schultag hinter sich. Den gesamten Nachmittag und Abend verbrachte Zwolle damit, Räume und Keller zu durchforschen, denen er noch keinen Besuch abgestattet hatte: die Arena, die Luft-Spiel-Höllen, die Disco und die verschiedenen Luftpiraten-Geschäfte. Manche von ihnen waren dunkel, manche windig, manche krumm, einige blühten regelrecht. Keine Spur vom Bösen Biest. Keine Spur von Franka. Nichts und niemand weit und breit.

15

Wenn eine Stimme geknebelt wird

Als eines der letzten Luft-Gebäude lag die Kegelhalle vor Zwolle, ein Haus, an dem die Aufschrift prangte:

Kegelbahn
Donnern / Treffen / Abräumen / Gewinnen

Hier, so hatte Adiaba seinem Sohn erzählt, in der Kegelbahn, trieben sich immer besonders zwielichtige Luftpiraten herum, Stänkerinnen und Stänker, die des Nachts arbeiteten und tagsüber den ganzen Schotter, den sie verdienten, beim Kegeln verprassten. Die Kegelbahn ist in einer Kegelhalle extrem schief. Weshalb man am Himmel oft sagt: Luftpiraten, die solche Luft-Häuser betreten, geraten leicht auf die schiefe Bahn.

Als Zwolle die letzten Schritte zur großen Eingangstür der Kegelhalle ging, wurde diese plötzlich von innen aufgestoßen. Heraus schuffelten drei Luftpiraten. In heller Aufregung. Aber sie schrien nicht, sie polterten nicht, sie waren stumm wie die Nacht. Sie schienen vor etwas wegzulaufen, und der Letzte warf die Tür ins Schloss. Zwolles Herz schlug schneller. Wovor liefen sie weg? Wovor hatten sie Angst? Ausgewachsene Luftpiraten!?

Zwolle schwante nichts Gutes. Er holte tief Luft. Ihm war, als würde er in eiskaltes Kondenswasser springen. Aber er musste es einfach tun. Für sich selbst. Für Franka. Für Donna. Er schob die Tür auf und trat ein. Alles war seltsam still und stickig. Kein Poltern, kein Donnern, kein Abräumen, kein Umfallen der Kegel. Nichts. Kein Lachen. Nur gruselige Totenstille. Es war niemand da. Und das an einem Sonntag. Irgendwas stimmte hier nicht. Warum waren die Luftpiraten aus der Halle gerannt? Weil sie Angst gehabt hatten. Wovor? Natürlich: vor dem Bösen Biest!

Zwolle schob sich vorbei an den Ein-Stuhl-Tischen, die alle mit Plexiglas voneinander getrennt waren, damit sich die Luftpiraten nicht in die Quere kamen. Auch der Tresen, die Theke, die Bar: alles leer. Weiter huschte er durch die dämmrige Stickigkeit, das Glas mit den Glühwürmchen um den Hals, zur Kegelbahn. Dort stand ein einzelner Tisch, hinter dem er Deckung fand. Die Kegelbahn, aus Luftholz gefertigt, bog sich tatsächlich schief nach unten. Am anderen Ende, ganz unten, befand sich der Platz, an dem die Kegel für gewöhnlich standen und auf die Donnerkugel warteten. Die Bahn und das Kegelfeld waren beleuchtet mit einer Handvoll Zuckender Winde: kleine Flammen, die an genau der Stelle brennen bleiben, an der man sie in die Luft gepflanzt hat.

Da drüben! Am Ende der Bahn, da lag irgendwas! Etwas Kleines! Nur was? Zwolle konnte es aus der Ferne nicht richtig erkennen. Also musste er hin. Er duckte sich, ging Schritt für Schritt die schräge Bahn hinunter und näherte sich dem kleinen Wesen, das dort lag. Es war kleiner als das Böse Biest, und es hatte eine ganz andere Farbe: glänzend und glitzernd und wunderschön silbern. Außerdem war das Wesen – gefesselt. Gefesselt und geknebelt. Es lag dort, vor Zwolle, klein wie ein Kolibri. Es besaß zwei Flügel, die genauso gefesselt waren wie die Ärmchen. Auch der große Mund war geknebelt. Mit einem schwarzen Tuch. Die Ohren glichen kleinen Rüsselchen, die schlaff-schlapp an den Seiten des Gesichts baumelten. Nur die Beinchen waren frei. Das Wesen rappelte sich auf und versuchte, etwas zu sagen. Heraus kamen nur undeutliche Töne: »Mmmpf! Mmmpf! Mmmpf!« Zwolle hatte keine Ahnung, was das für ein Geschöpf war, er hatte es nie gesehen, aber es war hübsch und glitzerte angenehm lieblich.

Jetzt riss das silberne Wesen seine Augen auf, schaute an Zwolle vorbei, und es dauerte ein paar Sekunden, ehe Zwolle begriff, was das silberne Wesen ihm sagen wollte: Hinter ihm! Hinter Zwolle! Da war etwas! Da befand sich etwas in seinem Rücken! Schau nach! Sofort!

Langsam drehte Zwolle sich um. Und tatsächlich, dicht hinter ihm, nur knapp zwei Meter entfernt, da schwebte das Böse Biest! Es stand lautlos in der Luft. Mit seinen vier Flügelstummeln, die heftig schlugen.

Zum ersten Mal sah Zwolle dem Bösen Biest ins Gesicht. Es hatte finstere Augen, in denen man sich verlieren konnte, schwarze Löcher, sternförmige Abgründe, dunkel und schroff. Das Wesen schaute Zwolle neugierig an. Neugierig und erstaunt. Zwolle merkte jetzt wieder jene teuflische Lähmung, die er kannte von der Nacht bei Franka. Diese Starre, das war offensichtlich, sie ging vom Bösen Biest aus.

Zwolle spürte einen tiefen Trotz in sich. Er stemmte sich mit allem, was er hatte, gegen die Lähmung, legte seine ganze Kraft in den rechten Arm, doch der rechte Arm bewegte sich nicht, er blieb unten, wie an Zwolles Körper geklebt. Dann eben noch mehr, dachte Zwolle, noch mehr Kraft, du Teufel, du Schwarze Seele, ich setze dir alles entgegen, was ich habe!! Mit einem kurzen Ruck rutschte Zwolles rechter Arm nach vorn, in Richtung des Biests, blieb dann aber wie festgenagelt in der Luft stehen.

Die Wirkung auf das Biest war bemerkenswert: Es schreckte zurück und flog einen Meter von Zwolle weg. Ließ ihn dabei nicht aus dem Blick. Die sternförmigen Augen verengten sich zu schmalen Schlitzen. Fast hätte man meinen können, das Biest selber habe Angst vor Zwolle. Es murmelte etwas, das sich anhörte wie *weiß, weiß*. Doch dann lachte das Böse Biest, als es sah, dass Zwolle wieder reglos dort stand. Das Biest flog los, schlug einen Bogen um Zwolle und näherte sich dem silbernen Geschöpf, das gefesselt und geknebelt auf der Kegelbahn stand.

Zwolle wendete unter größter Kraftanstrengung seinen Kopf, und er sah mit an, wie das Böse Biest seine Krallen in das silberne Wesen schlug und es in die Luft hob und widerlich lachend mit ihm von dannen flog, durch die Kegelhalle und an der Bar vorbei, durch die Tür, nach draußen. Und dann war es weg.

Je weiter sich das Biest von Zwolle entfernte, umso mehr konnte er sich wieder bewegen. Er kam zu sich, schüttelte seine Glieder und Gelenke, die Angst wich ihm aus den Knochen. Er schaute auf den Boden, und ein winziger, niedlicher Holzwurm streckte sein Köpfchen aus dem Luftholz der Kegelbahn, rieb sich die Augen und tauchte wieder ab.

Im selben Augenblick hörte Zwolle jemanden rufen. Kein Schrei, kein Brüllen, eher ein leises Stöhnen. Ein »Hilfe!« und ein »Hier bin ich!«. Zwolle wusste sofort, dass es Franka war. Die Stimme kam vom Kegelfeld, und Zwolle hutzelte hin. Am äußersten Ende der Bahn, hinter einem kleinen Vorhang, da lag sie: Franka. Und stöhnte vor Schmerz.

»Mein Hals!«, sagte sie.

»Franka!«

Zwolle erblickte ein tiefes Loch in ihrem Hals, aus dem kein Blut austrat, doch der Rand des Lochs war schwarz wie die Nacht.

»Es hat mich gestochen!«, stöhnte Franka leise und kraftlos.

»In den Hals?«

»Ich wollte … Wo ist Charley?«, fragte Franka.

»Charley?«

»Das Biest hat ihn gefesselt. Und geknebelt. Ich …«

Erst jetzt, in diesem Augenblick, begriff Zwolle: Jenes silberne, hübsch glitzernde Wesen, das vom Bösen Biest verschleppt worden war, jenes geknebelte Geschöpf, das nicht hatte sprechen können, das war niemand anderes als sein Freund: die Stimme Charley Gottchen.

Doch dafür hatte Zwolle jetzt keine Zeit: Franka hatte Schmerzen. Er musste handeln. Rasch. Zwolle schnallte Käfig und Käscher ab, stellte auch das Glas mit den Glühbirnchen weg und nahm Franka auf die Arme. Sie war schwer.

»Was machst du?«, keuchte Franka.

»Ich bring dich nach Hause!«

Schon hutzelte er los. Mit der Last auf seinen Armen surfte, ja, torkelte er eher schwerfällig durch die Halle an den Kegeln vorbei, durch die offene Tür ins Freie und über den Platz und durch die unterluftigen Gänge nach Hause, zum Luftloch Nummer 13. Er musste zweimal eine Pause machen vor Erschöpfung und legte Franka kurz auf den Boden, doch als er merkte, dass Frankas Stirn immer heißer wurde, nahm er sie gleich wieder hoch und hutzelte weiter. Endlich erreichte er sein Ziel, schlug den Vorhang beiseite, flog mit Franka hinauf und dann durch die Kellertür ins Luftloch: zu seinem Vater.

»Adiaba!«, rief Zwolle.

»Zwolle! Franka! Was ist los?«

Adiaba surfte herbei und erschrak, als er Franka sah. Der Stich des Bösen Biests setzte ihr zu. Sie fieberte. Sie zitterte. Stirn und Wangen waren heiß. Adiaba legte sich ins Bett, steckte ihr ein Fieberthermometer in den Mund und holte es nach einer Minute wieder heraus.

»Schon 52 Grad!«, murmelte er. »Wir müssen das Fieber aufhalten! Wenn das Fieber weiter so steigt! Das ist nicht gut! Sie könnte in einen Wut-Starr-Krampf fallen!«

Adiaba machte Franka ein paar kalte Wickel, kühlte ihre Stirn und gab ihr eisiges Wasser zu trinken. Frankas Zustand stabilisierte sich ein wenig.

»Franka! Hörst du mich?«, rief Adiaba ein wenig zu laut.

»Ja«, sagte Franka schwach.

»Was ist passiert? Das Biest hat dich gestochen?«

»Ja.«

»Was ist mit Charley?«, rief Zwolle.

Franka nickte noch einmal, und dann erzählte sie: langsam, kurz, stockend und immer wieder Wasser trinkend: »Wir haben das Böse Biest gesucht. Charley und ich. In allen Luftlöchern. In den Hochöfen.«

»Ich auch!«, rief Zwolle. »Ich hatte dieselbe Idee!«

»Dann sind wir in die Kegelhalle. Da waren drei Luftpiraten drin. Plötzlich ist das Biest aufgetaucht. Es hat geschrien. Nein. Es hat gehaucht. Ein bestialischer Gestank. Die drei Luftpiraten sind sofort abgehauen. Aus Angst! Jämmerliche Kröten!«

»Und du, Franka?«

»Ich? Bin gesprungen. Hab nach dem Biest geschnappt. Wollte es festhalten. Aber es hat mich gestochen. In den Hals.«

»Und Charley?«, fragte Zwolle.

»Der wollte mir helfen!«, sagte Franka. »Aber das Biest hat ihn gefangen. Gefesselt. Geknebelt. Als er geknebelt war, konnte ich ihn plötzlich sehen. Ich konnte Charley sehen!«

»Warum?«, fragte Zwolle.

»Weiß nicht!«

Franka atmete aus und fiel in die Kissen zurück.

»Ich habe eine Vermutung«, sagte Adiaba. »Wann man ihn sehen kann. Und wann nicht.«

»Und?«

»Was ist eine Stimme denn ohne Stimme? Also eine Stimme, die nicht sprechen kann? Was ist eine geknebelte Stimme?«

»Nichts!«

»Genau. Sie ist nichts. Sie ist mundtot. Am Ende. Verloren. Vielleicht wird sie immer dann sichtbar, wenn sie geknebelt ist! Wenn man sie nicht hören kann. Wenn sie nicht sprechen kann. Ansonsten würde sie ja vollkommen verschwinden.«

»Also: Wenn Charley sprechen kann, ist er unsichtbar? Und wenn er nicht sprechen kann, ist er sichtbar?«

»So könnte es sein, oder?«

In diesem Augenblick zuckte und zitterte Franka, eine wilde Schüttelhitze warf sie hin und her, ein mächtiger Fieberschub: Franka fiel beinah aus dem Bett.

Adiaba runzelte die Stirn. »Je höher ihre Temperatur steigt«, sagte er, »umso mehr wächst ihre Wut, jetzt schwelt und gärt sie, später glüht sie und wird brodeln.«

»Was passiert dann?«, fragte Zwolle.

Franka schlug nun wild um sich. Sie trommelte gegen Zwolles Oberkörper, zerfetzte das Federbett, mit all ihrer Kraft.

»Papa!«, rief Zwolle. »Tu doch was!«

»Halt sie fest!«, rief Adiaba.

Zwolle versuchte es. Frankas Körper schien geschwächt von dem Gift, ihr Geist aber gestärkt, ihre Wut noch größer als sonst. Adiaba schnappte sich schnell vier Gasbetonsteine und band Franka fest. Jede Hand und jeden Fuß an einen der vier schweren Steine. So konnte Franka nicht mehr um sich schlagen. Jetzt schrie sie aber, wüst und laut, und Adiaba blieb nichts übrig, als Franka auch den Mund zuzubinden: vorsichtig, um ihr nicht wehzutun.

»Wir müssen es tun!«, rief Adiaba. »Franka könnte sich eine Lungenentzündung holen. Das wäre schlimm. Eine Lunge hat zwei Lungenflügel. Und wenn die sich entzünden, dann kann die Lunge weder fliegen noch atmen.«

Zwolle nickte.

»Was Franka hier durchleidet«, sagte Adiaba, »sieht mir ganz nach einer schweren Tobsucht aus. Glaub mir. Wir können ihr im Augenblick nur helfen, indem wir sie fesseln und knebeln.«

Bei den Worten *fesseln* und *knebeln* wurde Zwolle traurig. Nicht nur, weil er seine Freundin hier liegen sah, deren linkes Auge Gift und Galle sprühte und deren rechtes Auge zum Glück von der Augenklappe bedeckt war, sodass sie nicht blitzen konnte, nein, auch weil Zwolle an seinen anderen Freund dachte, der sich gerade gefesselt und geknebelt in den Händen des Bösen Biests befand: Charley Gottchen. Zwolle hatte Charley immer für unbesiegbar gehalten. Weil niemand ihn sehen konnte. Jetzt war Charley beides zugleich: sichtbar und besiegt.

Was hatte dieses Biest mit Charley vor? Was wollte es von ihm? Wieso hatte es Charley gefangen genommen? Was führte das Böse Biest im Schilde? Und wo zum Teufel blieben Theo Rättich und Kaspar? Sie waren schon drei Tage lang weg! Ja, Zwolle wollte wissen, was Theo Rättich und Kaspar herausgefunden hatten in der Finsteren Bibliothek. Über Donnas Schwarze Seele. Und darüber, in welcher Gefahr sie sich allesamt befanden: im Kampf gegen das Böse Biest.

16

In der Finsteren Bibliothek

Drei Tage zuvor waren Professor Theo Rättich und der Luftikus Kaspar aufgebrochen, um in der Universitätsstadt Eboris die Finstere Bibliothek aufzusuchen und mehr zu lernen über jene Schwarze Seele oder das Böse Biest, wie die Gottesanbeterinnen das Wesen nannten. Das Wetter war wunderbar. Kaspar hatte sich in einen Drachen verwandelt, und Theo war froh, dass er nicht selber fliegen musste. Erstens war er alt, zweitens langsam und drittens ein bisschen gemütlich. Sie kamen gut voran. Sie mussten um Luftströmungen herumfliegen, bei Tiefdruckgebieten den Kopf einziehen und ein mächtiges Wolkengebälk überqueren. Die verschiedensten Lufttiere kreuzten ihren Weg, meist Wetterhühner, die eifrig Windkörner aufpickten: gehässig ausgesät von rüden, ruppigen, zotteligen und bissigen Luftmolchen.

Theo und Kaspar waren zeitig am Morgen aufgebrochen, und am späten Abend erreichten sie bereits den Elfenbeinturm von Eboris, eines der großartigsten Luftgebilde in ganz Firmament. Theo freute sich, nach Hause zu kommen. Er merkte erst jetzt, wie sehr er seine Universität vermisst hatte. Es herrschte hier ein eigener Geruch: nach Denkschweiß, Nebelschwafel, Buchstaub und erhitztem Debatten-Dampf.

»Komm!«, rief Rättich. »Wir haben keine Zeit zu verlieren. Der Abstieg in die Finstere Bibliothek ist mühsam. Und in der Bibliothek müssen wir das Dunkelbuch zur Schwarzen Seele suchen. Das *Lesen* wird schwierig in der Dunkelheit. Weil ich nicht mit den Augen lesen kann. Sondern nur mit den Händen. Jeden einzelnen Buchstaben muss ich ertasten, also anfassen. *Erfassen!* Das wird lange dauern! Hoffentlich schaffen wir es rechtzeitig! Wir müssen zuerst in mein Büro.«

Die Studenten der Universität Eboris hausten jeder für sich in ihrem Loch, meist ohne Bett und mit einer nackten Luftmatratze auf dem Boden. Sie begegneten sich nur bei den Streitgesprächen einmal die Woche. Unbemerkt schwebte Theo Rättich mit Kaspar durch die unterluftigen Gänge der Universität in sein Büro. Er kramte in den Taschen nach seinem Schlüsselbund und schloss die Tür auf. Überall lag Hauchstaub. Theos Blick fiel auf die neueste Ausgabe der Universitäts-Zeitschrift *Heiße Luft*. Der Herausgeber, Kollege Dr. Franz Schirmmacher, hatte sie Rättich offensichtlich unter der Tür ins Büro geschoben. Der Professor nahm sie jubelnd in die Hand, setzte sich in seinen Ohrensessel und begann zu lesen. Bis Kaspar ihn darauf aufmerksam machte, dass sie wegen etwas ganz anderem hier waren.

»Ach so, ja, stimmt!«, rief der Professor und schlug sich an die Stirn, als hätte er etwas vergessen.

Sie tranken einen Schluck Wasser und stärkten sich mit zwei nahrhaften Klatschmonden, kleine Himmelspflanzen, die, wenn man sie aus dem Blumentopf befreite und in den Mund schob, kurz und tosend in die Hände klatschten, um ihren eigenen Untergang zu feiern. Danach durchwühlte Theo einen Berg von Zetteln, Blättern und Ordnern, ehe er auf dem Boden des Luftlochs einen Safe freilegte, einen Tresor, eine schwere, am Boden befestigte, fest verschlossene Kiste aus härtestem Luftstahl. Wieder kramte Theo nach seinem Schlüsselbund und suchte einen besonders kleinen Schlüssel. Damit öffnete er den Tresor. Und im Tresor befand sich – ein weiterer Schlüssel.

Kaspar schüttelte den Kopf.

Er hatte sich hier drinnen in ein kleines Äffchen verwandelt und sprang von Theo Rättichs Schulter auf den Schrei-Tisch. Doch als der Tisch unter ihm tatsächlich kreischte, entsetzt über den nackten Affenpo auf seiner Platte, sprang Kaspar auf den Boden und verwandelte sich in ein Känguru, wie vor ein paar Tagen beim Spiel gegen den Himmelsstürmer. Als Känguru hatte er schön kleine Hände.

»Dies ist der Schlüssel«, rief Theo, »zur Finsteren Bibliothek. Auch *Dark Bib* genannt. Niemand darf sie betreten. Außer mir.«

»Und hast du sie schon mal betreten, Theo?«

»Ich? Na ja. Eigentlich … Also wenn ich ehrlich bin … Nein! Ich hab sie noch nie in meinem Leben betreten.«

»Was? Noch nie?«, rief Kaspar. »Aber warum nicht?«

»Weil man mich gewarnt hat!«

»Gewarnt? Wovor?«

»Ich habe den Tresor mit dem Schlüssel zur Bibliothek von meinem Vorgänger übernommen. Professor Albert Denkbart. Er hat mir immer gesagt: Geh da auf keinen Fall rein, Theo!«

»Warum nicht?«

»Weil Alberts Vorgänger namens Summa Laude ihm gesagt hat: Geh da auf keinen Fall rein, Albert!«

»Warum nicht?«

»Weil Summas Vorgängerin namens Johanna Magna dem Summa Laude gesagt hat: Geh da auf keinen Fall rein, mein lieber Summa!«

»Aber warum denn nicht?«

»Weil der Vorgänger von Johanna Magna …«

»Schon gut, ich hab's verstanden«, sagte Kaspar. »Aber hat denn *irgendeiner* der Vorgänger mal gesagt, *warum* man nicht in die Finstere Bibliothek gehen soll?«

»Nein.«

»Puh!«, machte Kaspar.

»Alles, was man weiß, ist ein Gerücht. Es heißt, man dürfe keinesfalls länger als einen Sonnenumlauf in der Bibliothek bleiben. Eine Nacht und einen Tag. Vierundzwanzig Stunden. Danach …«

»Ja?«

»Danach, sagt man, werde etwas Schreckliches *erwachen.*«

»Und was!?«

»Das hat Professor Denkbart mir nicht verraten.«

»Na, toll.«

Theo hutzelte voran. So schnell es ging durch die unterluftigen Gänge. Bald gelangten sie an eine enge Wendeltreppe. Hier konnte man nicht mehr hutzeln, sondern musste gehen. Immer nach unten. Kaspar hatte nicht gedacht, dass der Elfenbeinturm einen solch tiefen Keller besaß.

»Der Turm geht genauso weit nach unten, wie er nach oben geht«, sagte Rättich. »Nur kann man das von außen nicht sehen! Es ist zugleich das Motto unserer Universität! *Suche die Höhen des Wissens und meide die Tiefen der Täuschung!*«

Der Gang nach unten wurde immer steiler. Irgendwann erreichten sie das Ende. Sie mussten sich fallen lassen und noch drei Meter hinabsegeln. Dann erreichten sie den Boden des Universitätskellers. Von oben drang kein Licht mehr hinab. Doch Rättichs linkes Leuchtauge verfügte über genügend Kraft für sie beide, die Dunkelheit zu durchdringen. Sie sahen eine schwarze Tür vor sich.

Theo nahm den Schlüssel: Er passte. Der Professor holte tief Luft, er sah Kaspar an, dann öffnete er die Tür, und beide traten ein. Theo zog rasch die Tür ins Schloss. Und es war sofort dunkel dort drinnen, stockdunkel. Theo Rättich hielt sein linkes Leuchtauge fest geschlossen.

»Was ist mit Ihrem Leuchtauge?«, flüsterte Kaspar. »So haben wir gar kein Licht mehr! Soll ich mich in ein Glühbirnchen verwandeln? Oder in einen Leuchtkäfer?«

»Bloß nicht! Licht ist verboten hier drinnen. Wenn du Licht machst, weckst du die Lichtschlucker.«

»Sind das diese kleinen Wesen?«

»Ja. Fliegende Monster mit scharfen Zähnen, klein wie Mücken, nur: unendlich viele. Sie stürzen sich auf jedes Licht und schlucken es. Wenn sie Licht sehen, sind sie nicht mehr zu halten!«

Theo Rättich schloss die Tür hinter sich. Sie konnten zwar nichts mehr sehen, nicht mal die Hand vor den Augen, aber umso besser konnten sie riechen. Es stank nach verwesten Gedanken, verfaulten Spinnweben aus Hirngespinsten, nach verschimmeltem Leim und dem Staub aus Jahrhunderten.

Langsam pirschten sie voran. Es war ein schmaler, enger Gang. Das Schwarz erschien Theo beinah wie ein Brei, durch den er waten musste. Er tastete sich voran. Die Bibliothek war sehr eng. Auf der rechten Seite des Ganges berührte Theos Hand eine nackte Wand aus dicken, alten Steinen. Auf der linken Seite des Ganges aber standen die Regale mit den Büchern. Höchstens so hoch wie Rättich selbst. Gleich darüber die niedrige Decke.

»Hier links stehen die Bücher«, flüsterte Theo.

»Warum flüsterst du?«, fragte Kaspar. »Ist denn jemand hier? In der Bibliothek?«

»Keine Ahnung. Besser, wir sind vorsichtig.«

»Und jetzt?«

»Jetzt suchen wir nach dem Buch über die Schwarze Seele.«

»Und wie?«

»Ich taste die Buchrücken ab.«

»Na, dann los.«

Theo Rättich wusste nicht wirklich, wie die Finstere Bibliothek geordnet war, doch als er seine Finger ausstreckte und nach den Dunkelbüchern tastete, durchschaute er schnell: Jedes Buch trug auf dem Rücken einen Titel. Aufgeprägt. Mit fetten Buchstaben, die gut tastbar aus dem Buchrücken herausstanden wie Stachel. Theo nahm ein Buch aus dem ersten Regal und las mit den Fingern: A-U-F-H-O-C-K-E-R.

»Aufhocker!«, flüsterte er.

»Was ist das?«, fragte Kaspar.

»Ein gefährlicher Kobold. Ein dunkles Wesen.«

Theo stellte das Buch wieder zurück. Ein paar Minuten später wusste Theo Bescheid: Jedes der Dunkelbücher hier handelte von einem einzigen dunklen Wesen, dessen Titel auf den Buchrücken geprägt war. Und die Bücher standen in den Regalen in der Reihenfolge des Alphabets. Theo und Kaspar würden ein ganzes Stück weit gehen müssen, um zum S zu gelangen. Denn beim S vermutete Theo das Buch über die Schwarze Seele.

Sie liefen immer weiter und tiefer in den dunklen Gang hinein, der sich nicht änderte: Die gesamte Bibliothek schien nur dieser eine, enge, niedrige, finstere Gang zu sein, mit der nackten Wand an der einen Seite und den Regalen mit Büchern an der anderen Seite. Hin und wieder hielt Theo an und tastete.

G-E-S-P-E-N-S-T-E-R

G-I-F-T-Z-W-E-R-G-E

Sie waren erst bei G.

Weiter.

Noch weiter.

Ins undurchdringlich Schwarze hinein.
P-O-L-T-E-R-G-E-I-S-T-E-R
Sie waren erst bei P.
W-E-R-W-Ö-L-F-E
W-E-T-T-E-R-W-Ö-L-F-E
Jetzt waren sie zu weit.
Wieder zurück.
Zum S!
Und sie kehrten um.
T-O-D-E-S-V-O-G-E-L
Noch weiter zurück!
S-C-H-M-U-T-Z-E-N-G-E-L
Und wieder ein Stückchen vor!
Endlich erwischte Theo das Buch, das er suchte.
S-C-H-W-A-R-Z-E S-E-E-L-E
»Geschafft!«
»Und jetzt?«, fragte Kaspar.
»Jetzt werde ich es lesen!«
»Können wir es nicht mit rausnehmen?«
»Nein. Bei Licht zerfällt jedes Dunkelbuch sofort. Deshalb heißen sie ja so. Weil man sie nur im Dunkeln lesen kann.«

SCHUFTPIRAT
SAFTLADEN
SARGNAGEL
SINNFLUT
SAUERTOPF
SÜSSTOPF
SCHIRM HERR-SCHAFT
SALMONELLE
SONNENSTICH
SCHWARZE SEELE
SCHWERENOT

17

Der Teufel in der Wand

Theo schlug das Buch auf. Die Seiten waren unglaublich dick. Das spürte er als Erstes. Er blätterte kurz: Dieses Dunkelbuch hier verfügte nur über sechs Seiten! Sechs fette Seiten, jede von ihnen dicker als sein Daumen. Aber sechs Seiten, so dachte Theo, die lese doch ich in null Komma nichts!

Er blätterte zurück zur Seite eins und begann zu lesen, das heißt zu ertasten, zu erfassen, was im Dunkelbuch stand. Doch seine Ernüchterung war groß. Ja, es waren zwar nur sechs Seiten, doch diese Seiten waren mit überaus kleinen Buchstaben bedruckt. Und die Buchstaben stachen auch nicht so deutlich hervor wie die großen Lettern auf den Buchrücken. Nein. Es machte von Anfang an sehr viel Mühe, diese Art des Lesens. Man musste es gründlich tun. Hand anlegen. Mit den Kuppen die Buchstaben befingern.

Theo brauchte viel Zeit. Sehr viel Zeit! Viel zu viel Zeit! Er las wohl die ganze Nacht durch. Und auch den ganzen nächsten Tag. Ab und an gab Theo leise Schreckensrufe von sich oder flüsterte: »Ach nein!« und »Bitte nicht!«

Kaspar fragte dann: »Was denn? Ist es so schlimm?«

Theo sagte: »Ja! Es ist furchtbar! Aber ich erzähl es dir später! Lass mich weiterlesen! Bitte!«

Aber wie viel Zeit hatten sie noch?

Kaspar sagte: »Theo! Hat dein Vorgänger nicht gesagt: Man darf nicht länger als einen Tag und eine Nacht in der Finsteren Bibliothek verweilen?«

»Jaja. Lass mich zu Ende lesen!«

»Aber wir sind schon sehr lange hier, Theo!«

»Ich muss das jetzt zu Ende lesen! Koste es, was es wolle!«

Da vernahm Kaspar ein Geräusch. Die wunderbare Stille, die bislang in der Bibliothek geherrscht hatte, wurde durchbrochen durch ein leises Kratzen und Schaben. Wie von Krallen.

»Hörst du das?«, fragte er Theo.

Aber Theo war zu sehr in sein Buch vertieft.

Das Kratzen und Schaben wurde von Minute zu Minute lauter. Es hörte sich an, als wolle sich jemand befreien. Jemand oder *etwas*. Wo kam es her, das Geräusch? Kaspar legte das Ohr an die Wand. Ja, eindeutig! Hinter der Wand, da war etwas. Kaspar hörte ein müdes Raunen, ein Stöhnen, ein Jammern. Hier. Auf ihrer Höhe. Nur *hinter* der Wand. Auf der anderen Seite der Wand.

Oder aber *in* der Wand. Es raunte weiter. Und kratzte. Immer lauter. Immer heftiger. Kaspar musste jetzt nicht mal mehr sein Ohr auf die Wand legen, um das Kratzen und Raunen zu hören.

»Theo«, flüsterte er. »Da ist etwas!«

»Ich muss das jetzt zu Ende lesen!«

»Da ist etwas *in der Wand!*«

»Lass mich! Ich brauch nicht mehr lange!«

»Beeil dich!«, flüsterte Kaspar.

Theo bemühte sich. Aber es dauerte.

Kaspar legte seine flache Hand gegen die Wand. Da spürte er einen Druck! Die Wand wölbte sich ihm entgegen. Ein bisschen nur. Der Druck wurde stärker.

»Schneller!«, rief Kaspar. »Wir haben nicht mehr viel Zeit! Da ist was! Das will raus! Aus der Wand!«

»Noch fünf Minuten!«, rief Theo. »Ich bin fast fertig!«

Kurz war es ruhig hinter der Wand. Kaspar legte wieder seine Hand davor. Es gab einen Schlag. Das Wesen hinter der Wand schlug zu! Mit all seiner Kraft schlug es von innen gegen die Wand. Und traf genau die Stelle, an der Kaspars Hand lag. Kaspar schrie auf. Als hätte er sich an etwas verbrannt. Noch einmal hörte er ein Schlagen, wilder und wilder. Ein Bröckeln jetzt. Als hätte jemand in die Wand ein Loch gerissen. Und dann blinkte etwas auf. Zum ersten Mal *sah* Kaspar etwas in dieser Dunkelheit: ein Loch! In der Wand! Und in dem Loch erschien das Licht eines roten Auges! Ein Auge, das aus der Wand durch das Loch hindurchsah. Es erklangen weitere harte, dumpfe, kräftige Schläge. Das Wesen heulte und stöhnte, keuchte und rasselte, und die Wand bröckelte mehr und mehr, das Loch wurde immer größer.

Kaspar wich einen Schritt zurück. Er brauchte Licht. Er musste etwas sehen jetzt! Zum Teufel mit diesen Lichtschluckern! Und Kaspar verwandelte sich auf der Stelle in einen Lampenvogel, dessen Schnabel eine enorme Leuchtkraft besitzt. Er sah jetzt, wie sich mit einem kräftigen Schlag ein ganzer Arm aus der Wand bohrte, ein behaarter Arm mit einer entsetzlichen Klaue, und die Klaue schlug nach Theo Rättich, der immer noch dort stand, in sein Buch versunken. Doch die Klaue erwischte ihn nicht, streifte nur seinen Rücken. Die drei Krallen der Klaue schlitzten Theos Umhang auf. Theo fuhr herum. Er sah im Licht des Lampenvogels den haarigen Arm mit der dreizackigen Klaue, er sah das Loch in der Wand, er schrie auf und ließ das Buch über die Schwarze Seele einfach fallen.

Im selben Augenblick stürzten sich aus der Dunkelheit jede Menge Lichtschlucker auf sie, griffen Kaspars Schnabel an, wollten den Lichtschein sofort zerfetzen und dann schlucken, und der Teufel in der Wand tobte weiter und polterte und streckte nun durch das Loch in der Wand seinen Kopf.

Theo rief zu Kaspar: »Licht aus!«

Und Kaspar verwandelte sich zurück in das Känguru.

»Weg hier!«, rief Theo.

Sie rannten und hüpften den langen Weg vom S zurück zum A, und während sie rannten, konnten sie immerhin die fiesen Lichtschlucker abschütteln, die kein Licht mehr sahen und nun selber wieder von der Dunkelheit verschluckt wurden. Das war ihr lebenslanges Schicksal: Wenn sie kein Licht schluckten, dann wurden sie selber verschluckt. Bis sie im nächsten Licht erneut erwachten.

Und das Keuchen und Stöhnen in der Wand? Es wurde lauter. Jetzt hörte Theo ein letztes Bröckeln, ja, der Teufel war draußen, aus der Wand gesprungen, er war in ihrem Gang jetzt, und sie hörten schwere, hämmernde Schritte hinter sich.

»Schneller!«, rief Theo.

Kaspar hechtete voran. Sie wussten: Sie wären verloren, wenn der Behaarte sie einholte. Doch schon prallte Kaspars Känguru-Nase vor die Tür der Bibliothek, er riss sie auf, während finster röhrend der Teufel hinter ihnen hechelte, vielleicht noch zehn Schritte entfernt. Kaspar blickte sich um und sah die rot glühenden, sternförmigen Augen, sie waren nah, so nah. Kaspar schob Theo hinaus, und dann sprang er selber durch die Öffnung, und beide knallten die Tür hinter sich zu, pressten ihre Rücken dagegen, Theo schloss die Tür rasch ab mit seinem Schlüssel. Im selben Augenblick donnerte das Ungetüm schwer gegen die Tür in ihrem Rücken. Und sie hörten sein teuflisches Geheul.

»Das war knapp!«, sagte Kaspar.

»Ja«, sagte Theo. »Das war knapp!«

»Kommt er durch die Tür?«

»Nein. Die Tür hier besteht aus festem, undurchdringlichem Finster-Silber. Das kann niemand zerstören.«

»Was war das für ein Wesen?«

Theo Rättich antwortete nicht auf diese Frage. Stattdessen sagte er: »Wir müssen sofort zurück nach Ätheria. Wir haben keine Zeit zu verlieren. Donna Brubu ist in höchster Gefahr. Komm!«

»Warum? Was hast du gelesen?«

»Das, mein lieber Kaspar«, sagte Theo Rättich, »erzähle ich dir, wenn wir in Ätheria sind. Los jetzt!«

Sie eilten die Wendeltreppe nach oben, während das Ungetüm nicht aufhörte, gegen die Tür zu poltern, in einem wilden, wüsten Rhythmus. Alles erzitterte unter den Hieben des Monsters: die Tür aus Finster-Silber, die Klinke aus Sonnengold und auch der große Schlüssel, den Theo Rättich in der Eile des Aufbruchs hatte stecken lassen, im Schlüsselloch der Finsteren Bibliothek.

18

Stich des Schwarzen Stachels

Zwolle machte sich große Sorgen um Franka. Sie war gestochen worden. Vom Bösen Biest. Genau wie Donna. Was hatte das zu bedeuten? Den ganzen Tag saß Zwolle an Frankas Bett. Aber Franka blickte ihn nicht an. Und wenn, dann zornig. In ihren Augen war Zwolle immer noch ein Feigling.

Am Abend klopfte Donna Brubu an die Kellertür. »Habt ihr Franka gesehen?«, rief sie von draußen.

»Ja. Komm rein, Donna!«, rief Adiaba. »Franka ist hier!«

Donna erschrak aufs Heftigste, als sie ihre Tochter sah, im Federbett, gefesselt und geknebelt. Franka machte ihr sofort mit rollenden Augen Zeichen, dass sie befreit werden wolle. Donna nahm ihr den Knebel ab, doch als Franka erneut brüllte, band Adiaba ihr den Knebel wieder um.

»Was ist passiert?«, fragte Donna traurig.

Und Zwolle erzählte ihr alles.

»Auch du?«, fragte Donna und strich Franka sanft über die Haare. »Auch du bist gestochen worden!« Und dann fügte sie hinzu: »Mir ist so entsetzlich kalt!«

»Kalt?«, fragte Adiaba.

»Ich habe den ganzen Tag Tiere freigelassen. Aus meiner Lufttierhandlung. An die Frische-Luft. Vielleicht habe ich mich verkühlt im Niesel?«

Jetzt fiel es auch Adiaba auf. Donna zitterte. Die Lippen waren blau angelaufen. Adiaba schob auch ihr das Fieberthermometer in den Mund. 27 Grad!! Das war unmöglich! Donnas Temperatur war unter 30 gefallen. Einen solchen Kälte-Einbruch! Für ein immerheißes Luftpiratenherz!

»Du brauchst eine Decke!«, rief Adiaba. »Wir müssen dich aufwärmen. Ich koche dir heißen Sterntaler-Tee!«

Adiaba schuffelte zum Herd.

»Leg dich doch zu Franka!«, rief Zwolle plötzlich.

»Ja!«, hauchte Donna, und ihre Worte wurden begleitet von einem Atemnebel aus ihren Lippen, wie eine Wolke aus Eis, ganz so, als wäre es in ihrem Innern noch viel kälter als am kältesten Punkt des Himmel-Nordpols.

So legte sich Donna Brubu neben ihre Tochter und kuschelte sich an sie, umarmte Franka und streichelte sie. Es geschah jetzt etwas Wunderbares. Beide beruhigten sich. Donnas Fieberkurve sank nicht weiter. Frankas Fieberkurve stieg nicht mehr. Donnas

Kälte schien Frankas Hitze aufzuhalten, und Frankas Hitze schien Donnas Kälte aufzuhalten. Und beide – schliefen ein.

Zwolle atmete auf. Adiaba stand da mit dem heißen Sterntaler-Tee und wusste nicht, wohin damit. Also trank er ihn selbst. Zwolle und Adiaba holten eins der großen Betten aus Luftloch Nummer 11, bauten es in ihrem Zuhause auf, legten sich nebeneinander hin und hofften auf ein paar Stunden Ruhe, ehe sie morgen einen Plan machen müssten.

Es gab eine Menge Fragen zu klären: Frankas Fieber? Donnas Kälte? Charley Gottchens Entführung? Das Böse Biest? Für heute war genug geschehen, und Adiaba und Zwolle folgten Donna und Franka ins Reich des Schlafs. Vier Luftpiraten in einem Luftloch: So etwas hatte es noch nie gegeben.

Mitten in der Nacht wurden Zwolle und Adiaba geweckt. Jemand klopfte, nein, trommelte gegen die Tür. Adiaba sprang aus dem Bett und rief: »Wer da?«

»Theo!«

»Und Kaspar!«

»Hurra!«, rief Zwolle.

Doch Adiaba legte den Finger auf die Lippen und machte »Pssst!«, indem er auf Donna und Franka zeigte, die immer noch schlummerten, ruhig und friedlich. Dann öffnete er die Tür. Zwolle stürzte sich auf die beiden und umarmte zuerst Kaspar und dann Theo.

»Kommt rein!«, rief Adiaba. »Habt ihr was rausgefunden?«

»Ja«, sagte Theo. »Das habe ich. Leider!«

»Dann erzähl uns alles! Halt! Nein! Ihr habt bestimmt Hunger. Und Durst. Ich bringe euch was.«

Theo setzte sich auf einen Schwingstuhl, Kaspar verwandelte

sich in einen blauen Collie-Hund, weil er wusste, dass Zwolle es liebte, ihn zu streicheln und durch sein Fell zu wuscheln. Zwolle tat dies, während Adiaba endlich etwas zu essen und zu trinken brachte. Taubeneier und gebratene Schwämme mit einem Schluck glasklarem Heulsusen-Wein.

»Was ist mit den beiden?«, fragte Theo und deutete auf Franka und Donna.

»Franka ist auch gestochen worden«, sagte Zwolle.

»Was?«, hustete Theo und würgte an einem Stück Schwamm. »Das ist ja …« Er stand auf und näherte sich Franka und Donna. Setzte sich auf die Bettkante und untersuchte Franka: Puls, Temperatur, Blut- und Luftdruck. Dasselbe tat er bei Donna. Dann schüttelte er den Kopf und setzte sich wieder.

»Merkwürdig, merkwürdig«, grummelte er in seinen Bart.

»Nun erzähl schon!«, bat Adiaba. »Wie ist es euch ergangen?«

Zunächst war es Kaspar, der in knappen Sätzen von dem berichtete, was die beiden auf ihrer Reise erlebt hatten. Bis hin zur überstürzten Flucht aus der Finsteren Bibliothek. Zwolle lauschte gespannt. Und am Schluss atmete er auf.

»Was war das für ein Monster?«, fragte Zwolle.

»Und was stand in dem Buch, Theo?«, fragte Adiaba, der langsam ungeduldig wurde. »Was hast du herausgefunden? Wie können wir Donna helfen? Und Franka auch?«

»Ihr wisst ja«, begann Theo. »Donna Brubu hat sich ihre Seele aus dem Leib geschrien. Die Seele eines Luftpiraten ist schwarz. Wie die Nacht. Sie ist böse. Wenn sie im Körper eines Luftpiraten steckt, sorgt sie dafür, dass die Luftpiraten ständig streiten und brüllen. Insgesamt ist sie aber recht harmlos im Körper der Piraten. Wenn sie aber aus dem Körper eines Luftpiraten ans Freie gelangt, geschieht Furchtbares.«

»Und was?«

»Das Böse Biest will wachsen. Und es wird wachsen.«

»Und wie?«, fragte Adiaba.

»Das«, murmelte Theo Rättich, »ist eine äußerst traurige Angelegenheit. Es gibt nur eine Möglichkeit für das Böse Biest. Nur einen Weg, der ihm erlaubt zu wachsen. Das Böse Biest muss seinen Wirt töten.«

»Wie? Seinen Wirt?«

»Ich meine: Es muss seinen Körper töten. Das Wesen, in dem es – als Seele – gelebt hat.«

»Aber … das … wäre … ja … Donna!?«, rief Zwolle.

»So ist es. Das Böse Biest will wachsen. Es wird alles dafür tun, Donna Brubu zu töten. Wenn es aber wächst, dann wächst auch seine Macht. Und dann gnade uns Gott.«

»Aber wie können wir verhindern, dass es Donna tötet?«

Theo senkte den Blick.

»Theo!!«

»Um ehrlich zu sein: gar nicht.«

»Was meinst du mit: gar nicht?«

»Der Stich. Damit hat das Biest den Tod bereits eingeleitet. Donna wird sterben. Die Vergiftung. Wenn der schwarze Strich auf ihrem Arm das Herz erreicht, wird sie sterben.«

»Und Franka?«

»Bei Franka verhält es sich ebenso. Schaut her.«

Theo zeigte ihnen, wie von Frankas Wunde am Hals der schwarze Giftstrich bereits ein kleines Stückchen nach unten lief, Richtung Herz. Zwolle schluckte.

Alle schwiegen eine Weile.

»Es gibt aber«, sagte Theo Rättich mit neuem Schwung, »einen Hoffnungsschimmer am Horizont: Donna wurde gestochen, *nachdem* sie ihre heiße Wut überwunden hat. Deshalb wird sie immer kälter und kälter. Wenn das Gift ihr Herz erreicht, wird sie erfrieren.«

»Ja und?«

»Franka dagegen hat ihre eigene Schwarze Seele noch in sich!«

Zwolle zuckte zusammen. Dieser Gedanke war ihm noch gar nicht gekommen bislang, aber natürlich: Jeder Luftpirat besaß so eine Schwarze Seele. Auch Franka! Aber zugleich dachte er: Jeder Luftpirat hat immer auch die Möglichkeit, seine Schwarze Seele in sich selbst zu bekämpfen. Sie nicht zu groß werden zu lassen! Wie sehr hatte sich zum Beispiel Adiaba verändert im letzten Jahr! Vom wüsten Donnerbold zum liebevollen Vater. So ganz und gar untypisch für einen Luftpiraten. Oder Theo! Ein Luftpirat, ja, aber sehr altersmilde. Auch Franka könnte sich gegen ihre eigene Schwarze Seele stellen. Wenn sie es nur wollte.

»Franka«, fuhr Theo fort, »wird immer heißer! Das bedeutet: Der Stich der Schwarzen Seele wirkt genau andersherum als bei Donna. Frankas eigene Schwarze Seele pumpt sich voll mit dem Gift vom Bösen Biest! Sie wird immer größer in ihr. Immer wilder, schwärzer, heißer, wütender. Bis sie irgendwann platzt vor Wut. Franka wird innerlich zerrissen, sie verbrennt, sie wird sterben, auf jeden Fall.«

»Aber du hast doch gesagt, es gibt Hoffnung!«, rief Zwolle.

»Ja. Schaut euch die beiden an! Sie gleichen sich aus. Donna wird nicht mehr kälter durch Frankas Hitze. Und Franka wird nicht mehr heißer durch Donnas Kälte. Der Weg des Gifts zu den Herzen ist sozusagen auf Eis gelegt. Oder auf Feuer. Je nachdem. Ich weiß nicht, wie lange dieser Zustand anhält. Aber das könnte uns kostbare Zeit verschaffen. Ein paar Tage vielleicht.«

»Zeit?«, rief Adiaba. »Zeit!? Um was zu tun?«

»Um das Gegenmittel zu beschaffen! Im Dunkelbuch zur Schwarzen Seele habe ich gelesen, dass es nur ein einziges Mittel gibt gegen den Stich des Bösen Biests.«

»Und welches?«

»Das einzige Mittel, das gegen den Stich eines Bösen Biests hilft, das ist … nun … ein Pulver.«

»Was für ein Pulver?«, rief Adiaba, immer ungeduldiger.

»Das Pulver, das man gewinnen kann aus dem Horn …«

»Aus welchem Horn?«

»Aus dem Horn eines Einhorns!«

»Was für ein Einhorn?«

»Aus dem Horn eines Regenbogen-Einhorns.«

»Aber das sind doch ganz schüchterne Tiere!«, rief Zwolle jetzt. »Wir haben welche gesehen auf dem Weg zum Monsunstrom.«

»Ich weiß«, sagte Theo.

»Wie sollen wir denn so ein Einhorn einfangen?«

»Mit einem Blasrohr.«

»Was denn für ein Blasrohr?«, schnaufte Adiaba. »Und jetzt lass dir doch nicht jedes Wort aus dem Auge ziehen, Theo!«

»Ein Blasrohr mit Giftpfeilen. Ich habe euch eines aus Eboris mitgebracht. Schaut mal!« Theo Rättich zog aus seinem Umhang ein Blasrohr, etwa ein Meter lang, und dazu eine Handvoll Pfeile, deren Spitzen jedoch in einer Hülle steckten. »Seid vorsichtig. Berührt die Spitzen der Pfeile auf keinen Fall. Das Gift ist für jedes Wesen in ganz Firmament absolut tödlich.«

»Tödlich?«, fragte Zwolle.

»Ja.«

»Du willst sagen, wir müssen ein Einhorn *töten*?«

»Wir müssen es jagen. Töten. Das Horn abschneiden. Es mitnehmen. Es zu Pulver zerstoßen. Einen Tee daraus brauen. Und den beiden hier einflößen. Dann, und nur dann, Freunde, werden die beiden den Stich des Bösen Biests überleben.«

Zwolle vergrub kurz das Gesicht in den Händen. Ein Einhorn töten? Eines jener wunderschönen, scheuen Wesen, die er vor Kurzem erst gesehen hatte? Ein Wesen, das niemandem etwas getan hatte?

»Ist das die einzige Möglichkeit?«, fragte er.

»Ja«, sagte Theo. »Die einzige. So steht es im Dunkelbuch geschrieben.«

»Und ohne dieses Pulver werden sie sterben, Franka und Donna?«

»Ja. Alle beide.«

Zwolle sagte nichts mehr.

Auch Adiaba schwieg.

Theo und Kaspar knusperten an ihren Schwämmen.

Zwolle schloss die Augen und sah förmlich vor sich, wie Donna und Franka in den Himmel glitten. So geschieht es mit toten Luftpiraten. Das hatte Adiaba ihm einmal erzählt. Nach dem Tod eines Luftpiraten steigt dieser immer höher hinauf, in andere Sphären schwebt sein toter Körper, in den Hohen Himmel hinein. Getragen von Luftgeisterchen. Nein. Das wäre unvorstellbar. Und fürchterlich. Nein. Zwolle wollte mit Franka über die Wolken toben. Er wollte, dass sie lebte! Koste es, was es wolle.

19

Zwolle fasst einen Entschluss

»Weiter, Theo!«, rief Adiaba jetzt. »Du hast noch nicht zu Ende erzählt. Was geschieht, wenn Donnas Schwarze Seele wächst?«

»Dann wird es düster«, sagte Theo. »Donnas Schwarze Seele wird immer größer werden. Jahr für Jahr. Immer hässlicher. Immer gemeiner. Immer teuflischer.«

»Und woher weiß man das?«, fragte Adiaba.

»Weil es schon einmal geschehen ist. Vor langer Zeit! Schon einmal hat sich eine Schwarze Seele von ihrem Körper gelöst. Vor ein paar Hundert Jahren. So habe ich es gelesen. Im Dunkelbuch. Damals gab es einen Luftpiraten namens Joran Abroholos. Das war kein Wissenschaftler. Nein! Im Gegenteil! Abroholos war besessen von Schwarzer Magie und Dunklen Lüften! Und er war besessen von sich selbst. Er wollte seine eigene Seele aus ihrem Körper befreien. Er braute in seinem düsteren Luftlochkeller Gesöffe, die er an sich selbst ausprobierte. Zischende Gifte und stinkende

Tinkturen. Und eines Tages trank Abroholos ein ekelhaftes Gebräu, das ihm beinah die Eingeweide wegätzte. Er würgte alles aus dem Leib, was er getrunken hatte, und dabei spie er auch seine Schwarze Seele aus. Abroholos schrie sich nicht die Seele aus dem Leib wie Donna, nein, er spuckte sie regelrecht. Und die Seele war klein und nass und erschöpft von der Geburt. Abroholos aber fiel vor seiner eigenen Schwarzen Seele auf die Knie, er faltete die Hände, um sie anzubeten. Doch die böse Seele stach ihn ins Auge. Abroholos schrie auf vor Schmerz. Und es begann sein langsames Sterben. Es dauerte fünf Tage lang. Als Abroholos endlich den letzten Atemzug ausstieß, hörten seine Schüler ein entsetzliches Lachen. Sie hielten sich die Ohren zu, aber das Lachen blieb. Die Schwarze Seele, das Böse Biest: Es wuchs. Langsam zwar, aber es wuchs.«

»Weil Abroholos tot war?«, fragte Kaspar.

»Ja. Ich will es abkürzen. Die Schüler schafften es mit einem raffinierten Trick, die Schwarze Seele von Abroholos einzumauern.«

»Einzumauern?«

»In eine Wand. In die Wand der Finsteren Bibliothek!«

»Das heißt«, rief Adiaba, »das Ungetüm, das hinter euch her war, ist – die Schwarze Seele des Luftpiraten Abroholos?«

»Ja.«

»Die jahrhundertelang dort gehaust hat?«

»Ja.«

»Und so groß ist sie geworden?«

»Ja.«

»Und warum ist sie jetzt erwacht?«

»Das Gerücht scheint zu stimmen. Sie erwacht, wenn ein anderes Wesen einen Tag und eine Nacht in der Finsteren Bibliothek verbringt. So wie wir.«

»Und jetzt ist die Schwarze Seele frei?«

»Ja.«

»Und kann sie raus aus der Bibliothek?«

»Nein.«

»Warum nicht?«

»Die Tür ist aus Finster-Silber. Undurchdringlich.«

»Puuh«, machte Adiaba. »Zum Glück!«

»Ich habe … abgeschlossen. Und den Schlüssel …« Rättich durchsuchte die Taschen, schüttelte den Kopf. »Der Schlüssel, wo ist er nur? Egal. Werd ihn schon finden.«

Alle schwiegen einen Augenblick.

Um klare Gedanken zu fassen.

Dann aber, plötzlich, aus dem Nichts, stand Zwolle auf, schaute traurig und verzweifelt, aber ebenso entschlossen und klar, und dann sagte er die drei Worte: »Ich tue es.«

»Was tust du?«, fragte Adiaba.

Und Zwolle rief, plötzlich viel lauter als je zuvor, noch einmal die Worte: »Ich tue es!«

»Was denn, Zwolle?«, polterte Adiaba.

»Ich töte ein Einhorn. Wenn das die einzige Möglichkeit ist, Donna und Franka zu retten! Theo! Gib mir das Blasrohr!«

Genau in diesem Augenblick erklang ein Krähen. Vom Keller her. Zwolle rannte sofort hin und riss die Kellertür auf. Er wusste, wer das war, er kannte die Stimme inzwischen äußerst gut. Ja! Dort schwebte Bohorok. Der Elektrische Sturm. In Gestalt des schönen Raben: golden schimmernd.

»Du hast mich gerufen!«, sagte Bohorok, flog ins Luftloch und schwang sich auf eine Stange, die Zwolle eigens für Bohorok dort angebracht hatte. Sein Gefieder knisterte und zuckte zart.

»Ich?«, sagte Zwolle. »Nein. Ich habe dich nicht gerufen.«

»Doch! Zwolle: Ich war einmal *in dir drinnen*. Für kurze Zeit nur. Aber seitdem kenne ich deine Gedanken. Eben erst hast du gedacht: *Ich werde aufbrechen. Zum Regenbogen-Berg.* Und: *Ich hoffe, ich bin nicht allein!* Ich habe versprochen, dir zu helfen. Alles zu tun für dich, was in meiner Macht steht. Ich bin da. Ich werde dich begleiten!«

»Ich auch!«, rief Kaspar. »Ich fliege mit. Ist doch klar!«

Der Luftikus plusterte sich zum Drachen. Zwolle strahlte. Ja. Er wäre nicht allein. Kaspar und Bohorok würden ihm helfen, den Regenbogen-Berg zu finden, sie würden ihm helfen, das Einhorn zu töten. Zwolles Miene verfinsterte sich. Auch wenn seine Freunde ihn begleiten und die Aussicht auf Erfolg wachsen würde: Es änderte nichts an seiner furchtbaren Lage: Um etwas Schlimmes zu verhindern (das Ende von Franka und Donna), musste er etwas Schlimmes tun: ein Einhorn töten. Es blieb ihm keine Wahl.

»Stopp!«, donnerte Adiaba in seine Gedanken hinein. »Kommt überhaupt nicht infrage! Du bleibst hier! Ich persönlich werde zum Regenbogen-Berg hutzeln und das Einhorn töten.«

»Nein«, sagte Rättich und schüttelte den Kopf. »Du würdest zu lange brauchen, Adiaba. Kaspar hier fliegt als Drache mindestens doppelt so schnell, wie du schuffeln kannst. Du bist aber zu groß und zu schwer für Kaspar. Lass also den Jungen fliegen. Er ist nicht allein. Er hat Kaspar und Bohorok an seiner Seite. Mit Bohorok kann ihm nichts geschehen. Der Elektrische Sturm ist das stärkste Wesen, das ich kenne.«

»Aber …«

»Kein Aber, Adiaba«, rief Rättich. »Der Junge hat recht. Außerdem brauchen wir dich hier, Adiaba! Jemand muss auf Donna und Franka aufpassen. Damit den beiden nichts geschieht. Das schaffe ich nicht allein, Adiaba! Das Böse Biest schwirrt immer noch irgendwo hier rum. Du musst bleiben, Adiaba. Und Zwolle holt das Horn.«

»Aber kannst du das denn?«, fragte Adiaba tonlos und beugte sich zu Zwolle hinab. »Das ist eine schwierige Aufgabe.«

»Vater! Ich werde mit dem Horn zurückkommen. Ich werde alles dafür tun, um Franka und Donna zu retten. Das verspreche ich.«

Adiaba sah zu Zwolle, und sein Auge schimmerte ein wenig. Dann nahm er Zwolle fest in den Arm, etwas, das er selten tat, weil immer noch tief in seinem Innern die eigene Schwarze Seele gegen alles aufbegehrte, war gut und liebenswert war. Doch Adiaba ließ sich nicht mehr ohne Weiteres von seiner dunklen Seite bestimmen, nein, er hielt Zwolle so lange fest, wie er wollte, und auch Zwolle umarmte seinen Vater mit aller Kraft.

Doch dann sagte Zwolle: »Papa?«

»Ja?«

»Äh. Du musst mich jetzt loslassen!«

»Ach so. Hm. Ja. Klar. Nun gut.«

Adiaba hustete.

»Wir brechen auf!«, rief Zwolle.

»Jetzt? Sofort?«

»Was würde Franka tun?«, rief Zwolle. »Sie würde nicht lange fackeln! Sie würde gleich ins Freie stürzen! Also! Wir tun es für Franka! Für Donna! Wir packen die Satteltaschen, und dann nichts wie los. Kaspar? Bohorok? Seid ihr bereit?«

»Ja«, krächzte Bohorok und nahm auf Zwolles Schulter Platz.

»Feuer frei!«, rief Kaspar.

Und alle blickten noch einmal zu Franka und Donna, die sich im Schlaf fest aneinanderklammerten.

20

Aufbruch zum Regenbogen-Berg

Kaspar kannte den Weg. Einzelne Sterne leuchteten ihnen. Der Rabe Bohorok flog neben Zwolle, mühelos, genauso schnell wie Kaspar, und dabei musste er kaum die Schwingen bewegen.

»Fliegst du eigentlich schneller als Charley Gottchen?«, fragte Zwolle.

»Schwer zu sagen«, antwortete Bohorok. »Ich glaube nicht. Aber man müsste mal ein Wettrennen machen. Charley ist eine Stimme. Eine Stimme fliegt mit dem Schall. Ein Elektrischer Sturm fliegt mit den Funken, die er selbst entzündet.«

»Wo er wohl gerade steckt.«

»Charley?«

»Ja. Ich weiß nicht, was das Böse Biest von Charley will. Warum es Charley nicht gleich getötet hat. Seltsam.«

»Hm«, machte der Rabe. »Ich habe irgendwie das Gefühl, dass wir das sehr bald herausfinden werden.«

Zwolle schwieg und hing seinen Gedanken nach.

»War lange nicht mehr draußen an der Frischen-Luft«, krächzte Bohorok plötzlich. »Das tut gut!«

»Wie lange denn?«, fragte Zwolle.

»Vor 3307 Jahren bin ich gefangen worden. Das vergesse ich nie. Solange ich lebe.«

»Wer hat dich gefangen?«

»Die Roten Riesen. Lange vor deiner Zeit. Sie haben mich in die Schwarze Röhre gelockt.«

»Und du konntest aus der Röhre nicht fliehen? Wegen dem Wasser?«

»Genau. Wasser ist Gift für einen Elektrischen Sturm.«

»Wenn du Wasser abbekommst, stirbst du dann?«

»Nein. Aber ich … erstarre. Ich erfriere. Das Wasser umschließt mich wie ewiges Eis. Ich kann mich dann nicht mehr bewegen.«

»Für wie lange?«

»Für immer!«

»Für immer?«

»Ja. Es sei denn …«

»Was?«

»Nur ein einziges Feuer ist heiß genug, mich wieder aufzutauen. Ich meine das Sonnenfeuer der Roten Riesen. Dorthin müsste man mich bringen. Nur dort schmilzt das Wasser, das mich einfriert.«

»Hm. Bohorok! Und was ist, wenn es jetzt regnet?«

»Die Wolken liegen unter uns.«

»Aber hier oben gibt es die Kleinen Regen-Schauer! Und die Heulsusen. Die Kondenswasserfälle und -Seen. Und den Schnürl-Regen im Gebirge. Hat mir Theo Rättich erzählt.«

»Ja, die gibt es. Aber keine Angst«, sagte Bohorok. »Das ist alles harmlos. Ich bin schneller als die Kleinen Regen-Schauer, die Kondenswasserfälle, die Heulsusen und der Schnürl-Regen zusammen! Du weißt ja: Ich fliege nicht mit Flügelschlägen, sondern mit Funkenschlägen. Ehe Wasser mich treffen kann, bin ich schon fort. Sollten wir trotzdem einmal in einen Schauer geraten, kann ich immer noch in dich hineinflüchten, Zwolle. So wie vor Kurzem: in der dunklen Röhre. Du weißt ja, Zwolle: Wenn ich in dir drinnen bin, kann mir Wasser nichts anhaben!«

»Als ich mit dir *geladen* war, hab ich mich stark gefühlt.«

»Zwolle?«

»Ja?«

»Stark bist du auch ohne mich.«

Nun schwiegen sie. Und flogen durch die Nacht.

Als der Morgen dämmerte, hatten sie bereits eine schöne Strecke zurückgelegt. Und in der angenehmen Morgenstimmung tauchten immer wieder kleinere oder größere Lufttiere auf, die gerade aus ihrem Wolkenschlaf erwacht waren. Vor allen Dingen wehten lustige Gruppen von Kringelchen vorbei, die gern lachten

und sich – weil sie selber zu den wirbellosen Tieren zählten – von den Luftwirbeln treiben ließen, egal, wohin, und dabei quietschten sie, sangen und freuten sich ihres Lebens. Aber es kreuzten auch größere Wesen ihre Luft: fette Matsch-Quatscher, sabbernde Regensäufer, surrende Allwetter-Reifchen, dazu Hagelhasen und ein fetter Himmelhammel. Je höher sie kamen, umso weiter wurde der Himmel, das heißt, umso mehr Platz bot er. Als sie endlich an die Hochluft gelangten, flogen auch die typischen Hochluft-Vögel über ihren Köpfen. Sie hatten sich an die rauen Bedingungen der Hochluft angepasst. Vor allem die Hochluft-Schwalben: Wenn andere Wesen vorbeikommen, lassen sie sich einfach fallen, stellen sich tot und taumeln durch die Lüfte. Plötzlich fangen sie sich wieder, feiern Auferstehung. In rasanten, zackigen Bewegungen streben sie nach oben, zeigen ihre ganze Flugkunst und tun am Schluss so, als wäre nichts passiert.

Endlich erreichten die Freunde den Regenbogen-Berg. Es war bereits hoher Mittag, Zwolle war kalt, und er hatte sich in einen zweiten Umhang gewickelt. Hier oben, in der rauen Bergluft, wehte ein eisiger Wind. Der Berg selber bestand aus allerhand Luftschichten, die sich übereinandertürmten. Hätte ein Mensch den Berg sehen können, hätte er feststellen müssen, dass er genauso aussah wie ein Berg auf der Erde: Also unten dick und weit, breit und riesig. Nach oben zulaufend immer spitzer und kleiner bis hin zum Gipfel.

Zunächst machten die Freunde Rast. Am Fuß des Berges gab es ein kleines, luftiges Wäldchen. Sie setzten sich in den Schatten, aßen geföhnte Graupel-Teilchen und tranken Limonade aus handgeernteten, aufgetauten Tautropfen, versüßt mit einer Flügelspitze Honig aus den Windwaben der Himmelhummel. Danach schnappte sich Zwolle das Blasrohr. Ehe er auf die Jagd gehen konnte, musste er üben. Er hatte noch nie mit einem Blasrohr geschossen. Es würde ohnehin schwierig genug, die scheuen Einhörner zu finden, aber wenn sie es denn schafften, hätte Zwolle wohl nur einen einzigen Schuss. Und der musste sitzen. Unbedingt. Also hutzelte Zwolle mit Kaspar ins Unterholz. Er ritzte mit seinem Taschenmesser, das Adiaba ihm geschenkt hatte, ein Ziel in einen der Luftbäume. Bohorok blieb zurück bei den Satteltaschen und dem Proviant.

Zwolle schoss schlecht. Sehr schlecht sogar. Er hatte Probleme mit dem Zielen. Und mit der Kraft. Ihm fehlte die Luft, die man zum Pusten brauchte. Und daher kam er auf keine große Weite. Aber er riss sich zusammen. Und sagte sich: Ich muss es schaffen! Er übte und übte und übte. Theo Rättich hatte ihm zehn Übungs-Pfeile mitgegeben, natürlich ohne Gift an den Spitzen.

»Soll *ich* nicht lieber schießen?«, fragte Kaspar irgendwann. »Ich könnte mich in einen Bären verwandeln! Dann hätte ich einen irre großen Brustkorb! Mit viel Luft! Zum Pusten!«

»Nein«, sagte Zwolle. »Franka ist *meine* Freundin.«

Er übte den ganzen Abend und auch die ganze Nacht. Kaspar verwandelte sich in einen Lampenvogel und leuchtete ihm. Auch Bohorok knisterte in der Dunkelheit. Beim Zielen verbesserte sich Zwolle enorm: Um zwei Uhr nachts traf Zwolle bei neun von zehn Schüssen haargenau ins Herz der Zielscheibe. Nur die Entfernung machte ihm nach wie vor zu schaffen. Zwolle kam höchstens zehn Meter weit. Das war nicht viel. Regenbogen-Einhörner haben ein sehr scharfes Gehör. Es bis auf zehn Meter an solch ein scheues Tier heranzuschaffen, war schwierig.

»Keine Sorge!«, sagte Bohorok. »Dafür bin ich ja da. Pass auf!«

Bohorok zischte und züngelte, schlüpfte aus der Gestalt des Raben heraus und wurde zum Elektrischen Sturm: In dieser Gestalt als Sturm bestand Bohorok nur aus Funkenregen und knisternden Blitzchen. Der Funkenregen raste in irrem Tempo auf Zwolle zu und flutschte durch Zwolles Brust. Hinein zu ihm. Zu Zwolle. Doch Zwolle spürte kaum etwas davon.

»Bohorok? Wo bist du?«

»Ich bin in dir drinnen! Ich gebe dir die Kraft, die du brauchst.«

Und dann spürte Zwolle, wie er weghutzelte. Fortschuffelte. Nein, weggehutzelt *wurde*. Es war nicht er selber, der sich bewegte, sondern Bohorok, der Elektrische Sturm *in ihm*. Er hatte das Kommando übernommen. Zwolle bewegte sich fort von dem Ziel im Wäldchen, bei dem Kaspar immer noch stand: vierzig Meter, fünfzig, sechzig.

»Kannst du das Ziel noch sehen?«, fragte Bohorok in ihm.

»Ja!«, rief Zwolle, der sich jetzt grenzenlos stark fühlte.

»Dann schieß!«

»Was? Von so weit weg?«

»Na klar. Die Kraft kommt von mir!«

Zwolle nahm das Blasrohr, stopfte einen giftlosen Pfeil hinein, legte an und sah das Ziel klar vor Augen, während Kaspar sicherheitshalber ein paar Schritte vom Ziel fortflog. Dann schoss Zwolle. Und der Pfeil sauste wie am Schnürchen in sagenhafter Geschwindigkeit auf das Ziel zu und pflockte hinein. Kaspar eilte hin, schaute nach und rief: »Getroffen! Genau in die Mitte!«

Zwolle hätte beinah gejubelt, doch dann dachte er daran, was ihm in Kürze bevorstand. Beim nächsten Schuss nämlich wäre der Pfeil in tödliches Gift getaucht. Beim nächsten Schuss wäre kein Baum das Ziel, sondern ein friedlich grasendes Einhorn.

»Gut gemacht!«, sagte Bohorok. »Morgen schlagen wir zu!«

Mit diesen Worten verließ er seinen Freund, verwandelte sich wieder in den Raben, flatterte auf einen Baumstamm und steckte den Kopf ins Gefieder. Auch Kaspar und Zwolle legten sich zur Ruhe. Denn die Nacht war bald zu Ende. Und der Morgen würde anbrechen. Der Tag warf schon seine Sonne voraus. Der schlimmste Tag in Zwolles Leben. Der Tag, an dem er ein Einhorn würde töten müssen.

21

Im Hinterhalt der Luftmolche

In zuckenden Bildern träumte Zwolle von Franka. Sah im Traum vor sich, wie Franka dort lag, im Bett, neben Donna, mit Schaum vor dem Mund, mit weißem Schaum. Hörte Franka förmlich flehen: »Bitte, Zwolle, hilf mir! Lass mich nicht sterben!« Dann riss er die Augen auf. Er wäre am liebsten aufgesprungen und hätte geschrien, doch er blieb sitzen. Zwolle schaute in die Gesichter, nein, in die Visagen von einer Horde widerlicher Bestien, die aussahen wie Schweine ohne Beine: Luftmolche. Und ganz vorn saßen jene drei Molche, von denen Franka und Zwolle beim Fernsehen angepöbelt worden waren. Einer von ihnen hatte immer noch verbrannte Haare. Von Frankas Blitz.

Luftmolche sind Rottentiere. Das heißt: Sie rotten sich zusammen. Und brüten ständig üble Dinge aus. Ihr einziger Sinn ist es, anderen Wesen, die keine Luftmolche sind, schlimme Dinge zuzufügen. Warum? Weil sie's können.

Allein auf sich gestellt haben sie Angst: Angst vor allem und jedem, was ihnen in die Quere kommt. Gemeinsam aber, in einer Rotte von Luftmolchen, da fühlen sie sich stark und unbesiegbar. Sie finden es wunderbar, wenn sie andere quälen, ihnen wehtun und sie windweich schlagen können, und sie vergreifen sich gern an Kleineren und Schwächeren, die sich nicht wehren können. Ganz gemeine und hinterhältige Dinge machen die Molche: Sie klauen Sturmschildkröten die Panzer. Sie verknoten Windpocken-Kröten die Zungen. Sie schneiden Donnerdackeln ihre Blitzgeweihe ab. Dabei trägt ein jeder Donnerdackel sein Blitzgeweih mit großem Stolz, er hegt und pflegt es wie seinen Augapfel, denn er muss damit manche Rivalen in die Flucht schlagen und andere Windhunde beeindrucken.

Das Licht des Tages war in voller Blüte. Kaspar und Bohorok schliefen noch. Der Luftikus lag neben Zwolle. Und Bohorok hockte auf einem Baum. Es war eine lange Nacht gewesen. Sie hatten eigentlich am frühen Morgen aufbrechen wollen, hinauf, zu den Höhlen der Regenbogen-Einhörner, dann aber waren sie eingeschlafen, alle drei. Jetzt blickte Zwolle in die Augen dieser üblen Luftmolche, die ihn breit angrinsten.

»Ja. Das ist der Typ!«, strullte eins der beinlosen Schweine.

»Seine blöde Tussi hat mir einen Blitz verpasst!«, siffte das Schwein mit den verbrannten Haaren. »Hier! Guckt mal! Meine Tolle! Wir: einfach vorbeigeflogen. Die Sau: uns angeblitzt!«

»Gibt Ärger, Kleiner.«

Zwolle stand langsam auf.

»Schön ruhig bleiben. Willst doch nicht abhauen, oder?«

»Nein«, sagte Zwolle, der jetzt merkte, wie auch Kaspar sich schüttelte und langsam aufwachte.

»Ein Drache!«, grunzte der Luftmolch, der offenbar der Anführer war. »Wie niedlich!«

»Keine Chance gegen die Verrückten Fünfzehn!«

»Ach«, rief Kaspar. »Ihr seid die Verrückten Fünfzehn?«

»Ja. Die sind wir.«

»Ich habe schon oft von euch gehört!«

»Echt? Sind wir berühmt?«

»Ihr seid berüchtigt!«, sagte Kaspar.

»Klappe!«, maulte ein anderer Luftmolch. »Gibt jetzt gleich Prügel! Habt keine Chance.«

Zwolle musste schmunzeln. Die Rotte Luftmolche wollte sich mit ihnen anlegen? Sie wussten noch nichts von Bohorok, dem größten aller möglichen Gegner. Sie wussten nicht, dass der Elektrische Sturm im Baum saß! Seine Kraft war unermesslich!

»Na, kommt doch her!«, rief Zwolle siegesgewiss. »Mit euch paar Rabauken werde ich allein fertig!«

Die Luftmolche lachten laut und bellend. Von diesem Lachen wurde Bohorok wach. In den Augen der Molche musste Bohorok ein gewöhnlicher Rabe sein. Zwolle schaute zu Bohorok, und Bohorok schaute zurück.

Hilfst du uns?, dachte Zwolle fragend zu Bohorok.

Zum allerersten Mal überhaupt hörte Zwolle nun Bohoroks Antwort, einen Gedanken des Elektrischen Sturms: *Na, klar!*

Das wäre ein Kinderspiel für Bohorok. Die ganze Bande der Verrückten Fünfzehn mit all seiner Energie einmal kräftig in den Orkus schießen. Auf dass ihnen Hören und Sehen verginge. Eine Lektion hatten die Viecher durchaus verdient.

»Na, kommt her!«, rief Zwolle. »Wenn ihr euch eine platte Nase holen wollt. Einer nach dem anderen! Ach nein, ihr seid ja Feiglinge, hab ich gehört. Ihr traut euch nur in der Gruppe. Na, dann halt alle fünfzehn auf einmal. Bitte. Ich warte.«

Jetzt schienen die Luftmolche ein wenig perplex. Doch in diesem Augenblick hatte Zwolle ein seltsames Gefühl: Die Luftmolche führten irgendwas im Schilde. Etwas, das Zwolle nicht durchschaute. Hier stimmte was nicht! Die Molche führten etwas im Schilde? Zwolle kniff die Augen zusammen. Er schaute sie sich an. Ganz genau. Alle zehn, zwölf, dreizehn … Dreizehn? Nicht fünfzehn? Wo waren die anderen zwei?

Zwolle blickte zu Bohorok, und jetzt sah er sie: die zwei fehlenden Luftmolche. Sie segelten aus den Wipfeln hinab, schwebten über Bohorok, in den Klauen einen Eimer, einen leeren Eimer, und sie hatten den Eimer schon ausgekippt, eine Ladung Kondenswasser sackte durch die Luft, und Bohorok konnte das Wasser nicht sehen, es war zu spät, schon wurde Bohorok getroffen vom Wasser, und es erklang ein Schrei, der Schrei des Elektrischen

Sturms: Bohorok erstarrte, er gefror, das Wasser traf ihn hart, und etwas erlosch in ihm, er versuchte sich festzukrallen, doch er fiel, er fiel, er fiel vom Ast. Zwolle und Kaspar sprangen hin, mit allem, was sie hatten. Kaspar, als Drache, war schneller, er machte einen mächtigen Satz und kam gerade noch rechtzeitig, um Bohorok aufzufangen. Jetzt erreichte auch Zwolle seine Freunde. Bohorok lag in Kaspars Flügeln und Armen, und er sah Zwolle noch einmal an, und dann schloss er langsam die Augen. Zwolle stand da wie vor den Kopf geschlagen.

Da hörte er plötzlich ein grelles Lachen in seinem Rücken. Er fuhr herum. Und er sah: das Böse Biest. Es war da! Vor ihm! Einfach so! Es lachte noch einmal. Schrill. Schräg. Kratzend. Und dann flog das Biest auf ihn zu, den Stachel voran.

Und Zwolle hörte eine Stimme, die er nur allzu gut kannte, es war die Stimme von Charley Gottchen, aber diese Stimme klang seltsam hohl und verzerrt, sie rief: »Zwolle! Du dummer Junge! Bist uns in die Falle gegangen! Ich bin Charley Teufelchen! Die Schwarze Seele hat mir ihr Gift in den Mund gespritzt! Sie hat mich gefangen! *Damit ich für sie spreche.* Du bist verloren, Zwolle!«

In diesem Augenblick war es da, das Böse Biest, es war bei Zwolle, schwirrte vor ihm in der Luft. Und es stach zu. Mit einer einzigen fließenden Bewegung. Bohrte seinen giftigen Stachel in Zwolles Brust. Zwolle wehrte sich nicht. Alles ging viel zu schnell. Er kam nicht hinterher. Er ließ den Stich über sich ergehen.

Er tat nichts.

Die Luftmolche? Ein Hinterhalt.

Angestachelt? Von der Schwarzen Seele.

Bohorok? Erstarrt! In Kaspars Armen!

Charley Gottchen? Vergiftet! Auf der Seite des Bösen jetzt!

Die Schwarze Seele? Hatte Zwolle gestochen!

Würde er sterben? Nein!

Denn etwas Seltsames geschah: Der Stich des Bösen Biestes schmerzte Zwolle nicht. Er tat nicht weh. Es gab auch kein Loch in seiner weißen Haut. Kein Gift, das sich in ihn hineinpumpte. Im Gegenteil: Das Schwarze Biest schrie auf und zuckte zurück.

Wieder erklang Charleys Stimme: »Ich hab es dir doch gesagt, mein Herr!«, rief Charley, offensichtlich zum Bösen Biest. »Ich habe dich gewarnt. Er ist weiß. Er ist stark. Deine Kraft reicht noch nicht aus, ihn zu töten. Du musst zuerst wachsen! Wachsen, mein Herr!«

Das Böse Biest blieb einen Moment sirrend vor Zwolle in der Luft stehen und schaute ihn aus sternförmigen Augenlöchern feindselig an. Dann zischte es davon. Rasch. Hinab vom Berg. Nach unten. Zurück Richtung Ätheria. Zurück zu … Donna!

Um auf ihren Tod zu warten!

Und endlich zu wachsen!

»Ja, ich bleibe hier, Meister!«, schrie Charley. »Ich folge deinem Befehl! Ich pass auf, dass der Kleine kein Unheil anrichtet. Ich …«

In diesem Augenblick schnappte Zwolle nach der unsichtbaren Stimme, er streifte sie auch, aber erwischte sie nicht.

»Ohaha!«, lachte Charley in verzerrter Stimmlage. »Will mich schnappen, der Kleine? Weißt doch, dass ich unsichtbar bin! Wenn ich rede, kann niemand mich sehen. Du auch nicht. Ich bin jetzt auf der anderen Seite, Zwolle. Ich gehöre der Schwarzen Seele. Ich bin die Stimme des Bösen! Hurhur!«

Noch einmal lachte Charley. Dann verschwand er.

Das heißt: Er war nicht mehr zu hören.

Zwolle aber trat sofort zu Kaspar und nahm Bohorok aus seinen Armen entgegen.

»Bohorok!«, rief Zwolle.

Bohorok regte sich nicht mehr. Und Zwolle weinte.

Über ihren Köpfen lachten die zwei Luftmolche, die das Wasser auf Bohorok geschüttet hatten. Hinter ihnen lachte die gesamte Rotte.

Doch in diesem Augenblick schrie Kaspar auf. Vor Schmerz über den Verlust von Bohorok. Und weil er spürte, wie weh es Zwolle tat. Und Kaspar drehte sich einmal um sich selbst und fauchte wild und laut, und dann – spie er Feuer. Zum ersten Mal in seinem Leben spie er Feuer. Und was für eine Flamme das war! Er hatte es schon ein paar Mal versucht, das Feuerspeien. Es war ihm nie gelungen. Warum jetzt? Vielleicht lag es an seiner Verzweiflung, an seinem Schmerz, an der Traurigkeit, der Wut? Die

Luftmolche erschraken zu Tode, sie versengten sich ihre Schnauzen und verdufteten so schnell wie möglich.

»Bohorok!«, rief Zwolle.

»Zwolle!«, seufzte Bohorok und öffnete noch einmal die Augen, sehr schwach.

»Was sollen wir tun?«

»Ich werde erfrieren.«

Ehe der Elektrische Sturm vollends erstarrte, gefangen in seinem kleinen Rabenkörper, hörte Zwolle seine letzten Worte: »Denk an das Sonnenfeuer. Der Roten Riesen.«

»Ich weiß!«, rief Zwolle. »Ich verspreche es! Ich verspreche es dir! Ich werde dich dorthin bringen! Koste es, was es wolle.«

»Ich weiß, dass du es schaffst«, sagte Bohorok und lächelte.

Und dann war er vollkommen eingefroren, eine weiße Schicht legte sich auf sein Gefieder wie von Schnee und Eis. Zwolles Tränen tropften auf seinen starren und kalten Körper. Bohorok, sein Freund: Er war zu klirrendem Frost erstarrt.

Noch niemals in seinem Leben hatte Zwolle eine derartige Traurigkeit verspürt. Ihm war, als zerreiße es ihn. Alles war so vollkommen unerwartet über ihn hereingebrochen. Zwolle saß die nächsten Minuten an einen Baumstamm gelehnt und rang nach Fassung. Nach Luft. Nach neuem Mut. Nach Kraft. Nach irgendetwas, das ihn wieder aufrichtete. Und vorantrieb. Aber da kam nichts. Zu voll war er von der Trauer um Bohoroks Erstarren.

Erst als Kaspar ihn leise stupste, mit der Schnauze des blauen Drachen, beruhigte Zwolle sich langsam. Seine Tränen trockneten. Er strich sich über die Augen. Gab sich zwei leichte Ohrfeigen. Dann stand er auf, mühsam noch, aber mit dem Kern einer neuen Entschlossenheit.

»Eins nach dem anderen«, murmelte Zwolle zu Kaspar. »Erst das Einhorn töten. Das Böse Biest besiegen. Donna und Franka retten. Danach kümmern wir uns um Bohorok.«

Kaspar nickte. »Steig auf!«, sagte er.

Zwolle nahm Bohorok und wickelte ihn behutsam in eine Decke, legte ihn in eine der Satteltaschen, die er um Kaspars Rücken schnallte, und machte sie fest zu.

»Du musst keine Angst haben, Bohorok!«, flüsterte Zwolle und schwang sich auf Kaspars Rücken. »Ich gebe gut auf dich acht!«

22

Das Einhorn muss getötet werden

Hoch hinauf ging es zum Regenbogen-Berg, ins verwinkelte, geheimnisvolle Reich der Regenbogen-Einhörner. Und je höher die Freunde kamen, umso mehr Himmelspflanzen wuchsen auf dem Berg. Edelweiß, Sonnenblumen und Schwarzwurzeln, Eissalat, Luftrettich und Zuckerhut. Auch die Bäume verdichteten sich nach der Baumgrenze: Ähnlich wie im Himmlischen Regenwald konnten Kaspar und Zwolle irgendwann nicht mehr hutzeln, sondern mussten durch das sprießende Unterholz und die Bäume gehen, die in einem schattigen Mischwald wuchsen: Schwarz-Erlen, Sonnentannen, Unter- und Oberkiefer, dazwischen schwebende Lärchen ohne Wurzeln, außerdem gab es jede Menge Krummhölzer und Silberfichten.

Nach einiger Zeit erreichten Kaspar und Zwolle eine Lichtung auf dem Berg, und sie beschlossen, haltzumachen und etwas zu essen. Es war hoher Mittag, sie waren erschöpft und hungrig.

»Schau mal!«, flüsterte Kaspar plötzlich und zeigte auf einen winzigen bunten Ball, der im Gras lag.

»Was ist das?«

»Das Gewölle eines Regenbogen-Einhorns!«, sagte Kaspar. »Einhörner sind Pflanzenfresser. Die Reste der Pflanzen spucken sie aus. In so einem Gewölle hier. Gewölle. Gewürge.«

»Warum ist es bunt?«

»Die Einhörner selber sind weiß wie Schnee. Aber alles, was aus ihnen kommt, ist voller Farbe. So wie die Regenbögen. Oder aber solch ein Gewölle.«

»Vor Kurzem war also ein Einhorn hier?«

»Sieht ganz so aus.«

»Dann legen wir uns auf die Lauer. Und hoffen, dass es bald wiederkommt. Oder ein anderes.«

Nachdem die beiden etwas gegessen und getrunken hatten, versteckte sich Zwolle. Am Rand der Lichtung gab es einen Platz, an dem Blumen und Büsche nebeneinander wuchsen und ein undurchdringliches Dickicht schufen: Federbuschsträuche, Feuerdorn, Felsenmistel, Pusteblumen und Schneebeeren. Zwolle verkroch sich hinter diese Pflanzen, bis man ihn von außen nicht mehr sehen konnte. Kaspar knickte Zweige vom wild wuchernden Gefieder-Flieder ab und steckte sie zwischen die Büsche. Danach wandelte sich Kaspar in eine Blaumeise und flatterte auf einen Ast. Beide beobachteten schweigend die Lichtung, in der

Hoffnung, dass sich eines der scheuen Regenbogen-Einhörner zeigen würde.

Zwolle saß dort und dachte nach. Der Schmerz in seinem Herzen wuchs. Diese Traurigkeit. Allein war er jetzt. Ohne Bohorok. Auch wenn es Hoffnung gab: Das Sonnenfeuer der Roten Riesen. Wer auch immer die Roten Riesen sein mochten. Zwolle würde sie finden. Und Bohorok retten. Auf jeden Fall! Aber alles zu seiner Zeit.

Sein Freund Kaspar zwitscherte über ihm. Einhörner lieben Vögel, hatte Kaspar gesagt. Und sein Zirpen würde vielleicht eins von ihnen anlocken. Zwolle zog langsam das Blasrohr hervor und legte es in die Zweige vor seiner Nase. Er packte einen der Giftpfeile aus und schob ihn – vorsichtig! – in das vordere Ende des Blasrohrs. Jetzt war er bereit. Wenn das Einhorn käme und auf die Lichtung träte, müsste Zwolle nur noch zielen, Luft holen und schießen. Dann aber fiel ihm ein: Er würde nur zehn Meter weit kommen! Daran hatte er in seiner Traurigkeit noch nicht gedacht! Bohorok würde Zwolle nicht mehr helfen können. Zwolle war auf sich allein gestellt.

Doch noch ehe er weiter hätte nachdenken können, hörte er ein leises, sanftes Schnauben. Wie von einem Sonnenpony. Aber es war kein Sonnenpony, das jetzt die Lichtung betrat, sondern – ein Einhorn. Zwolle hatte wahrlich Glück! Ein weißes, wunderbares Einhorn: edel und majestätisch blähte es die Nüstern und

warf den Kopf in den Nacken. Was für eine prächtige Mähne! Und das Horn! Es blitzte auf wie Silber. Es war überaus lang und sehr spitz. Zwolle schien es eher eine Waffe zu sein, ein Speer, der immer dünner wurde und ganz vorn nur noch so winzig war wie eine Nadel. Das Einhorn schaute in alle Richtungen, und Zwolle hielt den Atem an. Jetzt schnaubte das Tier noch einmal und begann zu fressen. Es rupfte den gelben Goldregen ab, der hin und wieder im Unterholz schimmerte, es kaute, es schluckte, es fraß. Und Zwolle schloss behutsam die Lippen um das Blasrohr. Er schwitzte stark.

Über ihm jubilierte Kaspar als Meise. Das Einhorn wieherte, erfreut über den Gesang. Der Ruf einer Blaumeise war hier oben nichts Ungewöhnliches. Meisen sind bekannt dafür, dass sie ein dünnes Federkleid haben. Daher werden sie in der Hochluft stets blau vor Kälte. Das Einhorn fraß weiter. Zwolle schätzte die Entfernung auf zwölf Meter. Es gab nicht mehr viele Goldregenblüten in der Nähe des Einhorns. Wenn das Einhorn weiterfressen wollte, müsste es ein paar Schritte in seine Richtung tun, zu ihm, zu Zwolle, dem Jäger.

Ja. Jäger. Er musste es tun. Er musste sich zwingen. Auch wenn es eine schreckliche Tat wäre. Es musste getan werden. Es war der einzige Weg, um Donna und Franka zu retten.

Das Einhorn kam immer näher. Schritt für Schritt. Zwei Schritte, drei Schritte. Zwolle hatte gute Sicht. Das Ziel lag in

Reichweite. Etwa neun Meter entfernt. Zwolle nahm noch einmal die Lippen vom Rohr, holte tief Luft durch den Mund, schloss die Lippen wieder um das Rohr, kniff ein Auge zusammen, zielte: Der Pfeil würde sich genau in die Flanke des weißen Einhorns bohren, und das Tier würde zitternd zusammenbrechen vom tödlichen Gift, in wenigen Sekunden, so hatte Theo Rättich es beschrieben.

Ich kann es nicht, dachte Zwolle. Ich schaff es nicht. Es ist ein so schönes Tier. Ein Geschöpf, das niemandem etwas getan hat!

»Du musst es tun«, flüstere jetzt eine Stimme, dunkel und verführerisch und teuflisch. »Du darfst nicht zögern!«

Zwolle dachte, die Stimme sei seine eigene Stimme. Seine innere Stimme. Die jetzt zu ihm sprach.

Aber ich lade Schuld auf mich!, dachte Zwolle. Wenn ich das Einhorn töte, bin ich selber genauso böse wie das Böse Biest.

»Nein!«, säuselte die Stimme. »Wenn das Einhorn flieht, ist auch deine Chance vertan. Schieß! Schieß jetzt!«

Aber, dachte Zwolle, wie kann ich weiterleben, wenn ich ein Einhorn getötet habe? Mit Blut an meinen Händen!

»Du musst es tun«, hörte Zwolle die Stimme, »um Donna und Franka zu helfen! Tust du es nicht, werden die beiden sterben! Und dann wirst du *auch* schuldig, Zwolle!«

Diesem Satz konnte Zwolle nichts mehr entgegensetzen: Er stimmte einfach. Er saß in einem echten Dilemma. Egal, was er täte, etwas Schlimmes geschähe. Zwolle schloss kurz die Augen und sammelte Entschlossenheit. Noch einmal einatmen, Luft holen, zielen.

Da flüsterte die Stimme plötzlich: »Ja, Zwolle. So ist's gut. So kommst du zu uns! Auf unsere Seite!«

Und Zwolle stockte.

Diese Stimme!

Er kannte sie!

Das war gar nicht seine eigene, innere Stimme! Das waren nicht seine eigenen Gedanken. Nein! Zwolle hatte nicht mit sich selbst gesprochen! Die Stimme, sie gehörte Charley Gottchen! Besser gesagt: Charley Teufelchen!

Aber da stimmte doch was nicht! Augenblick! Das ergab alles überhaupt keinen Sinn! Zwolle schloss die Augen. Er musste nachdenken. Charley stand doch jetzt auf der Seite des Bösen Biests! Warum wollte Charley ihn dazu bewegen, das Einhorn zu töten? Aus dessen Horn man den rettenden Trank brauen konnte? Charley hätte genau das eigentlich verhindern müssen, ja, er hätte eigentlich dafür sorgen müssen, dass dieses Einhorn dort floh! Und Charley tat das Gegenteil.

»Warum schießt du nicht?«, flüsterte Charley Gottchen noch einmal. »Worauf wartest du noch?«

Was genau hatte Charley zuletzt gesagt? *Komm auf unsere Seite!* Wie meinte er das? Auf die Seite von Charley und seinem Herrn?

Ich bin ein Weißer Luftpirat, dachte Zwolle. Wenn ein Weißer Luftpirat solch einen schäbigen Mord begeht, ist er dann kein Weißer Luftpirat mehr? Hat er dann seine Güte verloren? Seine Weißheit? Muss ich nur eine einzige schreckliche Tat begehen, um *nicht mehr gut* zu sein? Um genauso böse zu werden wie das Böse Biest? Um dann auf der Seite des Bösen zu stehen? Ja, das musste es sein! Plötzlich lag alles glasklar vor ihm: Genau deshalb wollte Charley, dass er das Einhorn tötete! *Komm auf unsere Seite!* Das hatte er gesagt.

Zwolle saß im Gebüsch und dachte mit geschlossenen Augen: Wo steht überhaupt geschrieben, dass ich das Einhorn *töten* muss? Rättich hat es gelesen! In einem Dunkelbuch! Warum glaube ich einem Dunkelbuch? Mit diesen Gedanken öffnete Zwolle seine Augen.

Das Einhorn stand nur noch fünf Schritte entfernt.

Es rupfte immer noch friedlich den Goldregen.

Da erhob sich Zwolle langsam und trat aus dem Gebüsch.

Charley quietschte jetzt etwas lauter: »Was tust du?«

Das Einhorn drehte sich zu ihnen, zuckte zusammen und wollte fliehen. Doch Zwolle hielt ihm mit beiden Händen das Blasrohr entgegen, quer in der Luft. »Warte bitte! Regenbogen-Einhorn! Hier! Ich hätte dich töten können. Mit dem Blasrohr. Ich habe es nicht getan.« Mit diesen Worten zerbrach Zwolle das Blasrohr in zwei Teile und warf sie fort.

»Nein!«, quietschte Charley.

Das Einhorn zuckte noch einmal zusammen, dann wieherte es.

»Aber ich brauche deine Hilfe«, sagte Zwolle. »Ich brauche ein Horn. Ich brauche das Pulver aus dem Horn eines Einhorns. Wenn ich es nicht bekomme, sterben meine Freunde.«

Das Einhorn sah ihn an. Lange. Still drehte es sich auf der Lichtung im Kreis. Aber es floh nicht. Es blieb. Und dann lief es zu einem Felsen in der Nähe.

Und Zwolle konnte nicht glauben, was jetzt geschah: Das Einhorn schlug ein einziges Mal mit all seiner Kraft und Eleganz sein Horn gegen den Felsen, und die schmale Spitze des Horns brach ab und fiel ins Gras, blitzend und blinkend. Das Einhorn nahm die Spitze des Horns zwischen die Lippen. Dann trottete es langsam auf Zwolle zu. Stand ihm gegenüber. Hob den Kopf. Zwolle streckte die Hand aus. Das Einhorn ließ die Spitze seines Horns fallen, Zwolle fing sie auf, und genau im selben Augenblick wuchs dem Einhorn eine neue Spitze, silbrig glänzend, strahlend weiß und funkelnd neu. Das Einhorn wieherte noch einmal, machte eine Pirouette auf den Hinterbeinen, und dann sprang es davon, indem es von der Lichtung einfach hoch in die Luft galoppierte und seine Flügel ausbreitete. Zwolle schaute dem Einhorn hinterher, bis es hinter den Felsen des Regenbogen-Bergs verschwand.

Die Spitze des Einhorns glänzte in Zwolles rechter Hand. Sie blendete so stark, dass er die Augen schließen musste. Er steckte sie rasch in seinen Umhang.

»Was hast du getan!?«, zeterte Charley. »Du hättest es töten sollen! Das Gift! Der Stich! Vom *Bösen Biest*! Er hat nicht gewirkt, weil du *vollkommen weiß* bist. *Unschuldig.* Frei von allen bösen Taten. Aber wenn du eine einzige böse Tat begehst, Zwolle, dann bist du kein Weißer Luftpirat mehr. Dann bist du ein gewöhnliches Wesen wie wir alle unterm Himmel. Und dann wirkt das Gift auch bei dir, Zwolle! Wer aber vergiftet wird vom Bösen Biest, wird sterben. Wie Donna und Franka. Oder aber er wird zum Sklaven der Schwarzen Seele. So wie ich.«

Zwolle kniff die Augen zusammen, aber Charley war voll und ganz unsichtbar, jetzt, da er sprechen konnte. Er schwebte in sicherer Entfernung. Zwolle würde ihn niemals schnappen können. Dazu war Charley zu fix. Doch da sah Zwolle hinter Charley eine blaue Meise flattern, und die Meise verwandelte sich jetzt still und schnell in einen blauen Schimpansen: Kaspar! Er streckte seine beiden Schimpansen-Hände aus, lauschte den Worten von Charley Gottchen, und blitzschlagschnell, mit einer ruckartigen Bewegung beider Hände, fischte und schnappte er die Stimme aus der Luft. Charley schrie auf, in Kaspars hohlen Händen gefangen. Zwolle bückte sich und ergriff einen der herumliegenden Schnüre vom Schnürl-Regen, riss einen Fetzen von seinem Umhang, und Kaspar hielt Charley Gottchen fest, während Zwolle die Stimme fesselte und knebelte.

Sofort geschah das Wunderbare: Charley wurde sichtbar. Durch den Knebel konnte man ihn sehen. Er gab nur noch Mmmpf-Geräusche von sich, aber die Stimme nahm Gestalt an. Da waren sie, die Augen, die beiden Rüsselchen statt der Ohren, die gefesselten Händchen und Beinchen, und da war er: Charleys riesiger Mund, in dem ein dicker Knebel steckte. Sein Lippen aber funkelten nicht mehr silberschön wie der Rest seines Körpers, sondern pechschwarz: vom Gift des Bösen Biests.

»Vielleicht kannst du das Gift heraussaugen!«, rief Kaspar.

»Ich?«, fragte Zwolle.

»Wenn du im Regenwald von einer Peitschennatter, einer Todesotter oder einer Klapperschlange gebissen wirst, hilft nur: Das Gift aus der Wunde saugen und ausspucken.«

»Ehrlich?«

»Mmmmpf!«, machte Charley, der alles mitangehört hatte und dessen Ohr-Rüsselchen jetzt wild auf- und abschlugen.

»Versuchen wir es!«, sagte Kaspar.

Zwolle schaute Charley tief in die Augen. Er sah, wie dieser sich am liebsten gewehrt hätte, doch konnte er nichts machen. Als Zwolle den Knebel entfernte, verschwand Charley wieder: wie der Beschlag auf einem Spiegel, nachdem man ihn angehaucht hat. Doch Zwolle hielt den kleinen Knopf in beiden Händen, spürte Charleys Haut, seine gefesselten Beine und Arme, und ehe Charley Gottchen wieder etwas hätte sagen können, legte Zwolle seinem vergifteten Freund die Lippen auf den Mund und saugte mit all seiner Kraft das Gift des Bösen Biests aus Charleys Mund, und plötzlich merkte Zwolle, dass etwas furchtbar Bitteres in seinen eigenen Mund schoss und auf seiner Zunge lag! Zwolle riss sich los und spuckte die gesamte Ladung Gift auf den Boden. Er schaute hinterher. Dort lag das Gift des Bösen Biests, ein schwarzer, bitter zischender, dampfender schwarzer Strich, der zuckte und sich wand wie eine kleine Schlange, dann aber erlosch und von der sauberen Luft des Bergs einfach aufgesaugt wurde und in der Sonne verpuffte.

»Hurra!«, rief Kaspar. »Du hast es geschafft!«

»Was?«, hörten sie Charleys Stimme. »Du hast mich geküsst! Das darf doch nicht wahr sein! Es hat mich noch nie jemand geküsst. Uaah! Wie kommst du dazu, eine Stimme zu küssen! Ich bin doch …«

»Charley!«, rief Kaspar. »Da bist du ja wieder! Willkommen zurück aus der Dunkelheit! Wie wär's mit einem Dankeschön? Zwolle hat dich aus den Klauen des Bösen Biests befreit!«

»Oh. Was? Ja! Tatsache! Das stimmt. Du hast recht! Herrje! Ja! Hurra! Ich bin wieder der Alte! Bin ich wirklich wieder der Alte?«

»Ja. Das bist du! Ich hör es sofort!«, rief Zwolle.

»Dann können wir auch die Fesseln wieder losmachen!«, sagte Kaspar, und Zwolle befreite seinen Freund von den Fesseln.

»Hurra!«, jubelte jetzt Charley Gottchen erneut. »Du hast mir das Leben gerettet! Du hast mich befreit, Zwolle! Aus den Klauen des Bösen! Ich danke dir! Das werde ich nie vergessen! Niemals! Solange ich lebe, also rede, ich bin Charley Gottchen, ich bin, der ich bin, und ich stehe jetzt wieder auf der Seite der Guten! Und es tut mir so entsetzlich leid! All das, was geschehen ist! All das, was das Böse Biest verbrochen hat! Aber ich konnte nichts dafür! Das Böse Biest hat mich vergiftet! Es hat mich benutzt! Hat mir sein Gift in den Mund gespritzt, ich war nicht ich selbst, ich bin ein guter Kerl, das müsst ihr mir glauben!«

»Charley«, sagte Zwolle. »Wir glauben dir! Dich trifft keine Schuld. Höchstens mich.«

»Dich? Wie denn? Wo denn? Was denn?«

»In der Kegelhalle«, sagte Zwolle. »Ich hätte schneller sein müssen. Dann wärst du niemals in die Hände des Bösen Biests geraten. Aber ich war wie gelähmt.«

»Das ist die Angst«, sagte Charley. »Die Angst vor dem nackten Bösen! Wenn du deine Angst überwindest, kannst du das Böse Biest besiegen. *Nur du, Zwolle!* Aber jetzt müssen wir erst mal so schnell wie möglich zurück, Freunde, ab nach unten, nach Ätheria, zu Donna und Franka. Sie müssen gerettet werden! Ihr habt die Spitze eines Horns ergattert, ohne das Einhorn zu töten. Wunderbar! Man braucht bestimmt nicht das ganze Horn, sondern nur ein bisschen von dem Pulver. Aber, Leute, wir müssen uns beeilen! Ich fliege ja schnell wie der Schall! Aber ihr? Ein paar lahme

Himmelsschnecken sind Zischpfeile gegen euch! Außerdem. Ich muss euch noch sagen …«

Charley war wieder der Alte. Er redete ohne Unterlass. Und war nur zu hören. Und nicht mehr zu sehen. Nun, das war auch das, was eine unsichtbare Stimme tun konnte: reden.

»Wie wäre es, Charley?«, unterbrach Kaspar ihn. »Da du ja so schnell bist, flieg doch schon mal vor nach Ätheria! Und sagst ihnen, dass wir kommen! Uns beeilen! Bald da sind!«

»Au ja!«, rief Charley. »Gute Idee! Und schon bin ich weg!«

»Charley?«

Aber da kam keine Antwort mehr.

»Und wir«, kicherte Kaspar zu Zwolle, »haben unsere Ruhe!«

»Das hab ich gehört, Kaspar!«, klang Charley aus einiger Entfernung. Doch dann war er wirklich weg: Charley Gottchen jagte durch die Lüfte davon. Zurück nach Ätheria.

23

Charley Gottchen sieht sich selbst

Auf dem Regenbogen-Berg nahm Kaspar wieder die Gestalt eines Drachen an. »Charley hat recht«, sagte er zu Zwolle. »Wir müssen jetzt schnell sein. Jede Sekunde zählt!«

Zwolle nahm die Satteltasche, in der Bohorok lag, und band sie vorsichtig um Kaspars Rücken. Dann stieg er auf, schmiegte und klammerte sich an seinen Freund. Und schon ging es los. Nach Ätheria. Mit dem rettenden Horn im Gepäck. Und einem eingefrorenen Bohorok.

Kaspar übertraf sich selbst. Sie schnurrten an erstaunten Luftkreaturen vorbei und hinterließen nichts als einen Nebelschweif. In wenigen Stunden erreichten sie ihr Ziel. Und sie kamen gerade noch rechtzeitig.

Donna und Franka waren erwacht. Die wechselseitige Erwärmung und Vereisung wirkte nicht mehr. Donna konnte kaum noch atmen. Das Eis hatte ihre Brust erreicht. Sie war kurz davor zu ersticken, weil ihre Lunge gefrieren würde. Franka dagegen brodelte wie ein heißer Topf Lava. Das Fieberthermometer zersprang, als man es ihr in den Mund schob, und die Fesseln waren kaum noch in der Lage, Frankas Tobsucht zu bändigen. Noch wenige Minuten, und sie würde platzen.

Theo hatte alles vorbereitet, denn Charley Gottchen war schon eine Stunde zuvor hier eingetroffen. Ein Topf kochte auf dem Ofen. Ein Eimer mit Eiswasser stand in der Ecke. Rättich legte das Horn in eine Schale und versuchte, es mit einem Mörser zu einem Pulver zu stoßen.

»Das dauert zu lange!«, rief Zwolle.

»Ich tu, was ich kann.«

»Her damit!«, rief Adiaba, und mit Adiabas doppelter Kraft gelang es ihm auch doppelt so schnell: Endlich konnte Rättich das Pulver ins Wasser kippen: die eine Hälfte ins kochende, und die andere Hälfte ins eisgekühlte. Das heiße Wasser war für Donna bestimmt, das kalte für Franka. Dann flößte Rättich ihnen den Trank ein.

Bei Donna ging es leicht, sie konnte sich ohnehin nicht regen. Frankas Kopf und Hals dagegen mussten mit aller Gewalt von Adiaba und Kaspar festgehalten werden, und Zwolle öffnete zugleich Frankas Lippen, ehe Rättich ihr das Eiswasser samt Pulver in den Mund kippen konnte.

Das Mittel wirkte schnell: Frankas Fieber sank von Minute zu

Minute. Donnas Fieber stieg von Minute zu Minute. Schon nach zwei Stunden befanden sich beide außer Gefahr. Zwolle musste ihnen alles erzählen, was geschehen war.

Nachdem er geendet hatte, meldete sich Charley Gottchen zu Wort. »Eins noch«, sagte er. »Also die Sache mit dem Kuss, ja, ich würde euch bitten, könnt ihr die Sache mit dem Kuss vielleicht für euch behalten? Reden ist Gold, aber Schweigen ist auch nicht schlecht. Mindestens Bronze. Wenn nicht Silber! Also mir ist das unangenehm. Eine geküsste Stimme! Wer hätte je davon gehört, dass man eine Stimme küssen kann? Luftküsse, ja, aber Stimmenküsse? Also nein! Wenn das die Runde macht! Ich würde meinen guten Ruf verlieren. Und wenn eine Stimme den Ruf verliert, das ist doch schlimm, oder? Also würdet ihr mir den Gefallen tun? Schweigen? Okay? Danke, Freunde!«, seufzte Charley Gottchen, als ihm alle lächelnd zunickten.

Nach einer weiteren Stunde atmeten Donna und Franka wieder ruhig und befreit, Franka wurde endlich losgebunden, und Mutter und Tochter nahmen sich in den Arm, erschöpft, aber mit Freude über ihre Rettung: knapp dem Tod entronnen.

»Lasst uns nicht zu früh freuen«, sagte Rättich. »Noch ist die Gefahr nicht gebannt!«

»Was meinst du?«, fragte Adiaba.

»Solange das Böse Biest *draußen* ist, solange wird es versuchen, Donna zu töten.«

»Aber was können wir tun?«

»Hm. Schwierig. Ich weiß nicht, wie man eine Seele tötet. Weißt du es, Charley?«

»Ich? Nö. Keine Ahnung.«

»Wir könnten sie einsperren!«, sagte Adiaba.

»Genau! In einem Käfig aus Blitzglas«, rief Theo Rättich.

»Aber wie wollen wir sie fangen?«, fragte Franka.

»Wir fangen das Böse Biest durch eine List. Wir müssen ihm eine Falle stellen. Wir müssen es ködern. Anlocken!«

»Aber niemand kann das Biest festhalten!«, sagte Zwolle.

Da sah Theo Rättich zu Zwolle und sagte: »Doch. Du kannst es, Zwolle. Du kannst es festhalten. Du bist weiß. Immer noch. Dir kann es nichts anhaben.«

Zwolle schwieg eine Weile. Er dachte an die Augen. An die sternförmigen Augen. Diese Schwarze Seele!

»Ich kann euch helfen!«, rief Charley. »Das Biest denkt doch, dass ich auf seiner Seite bin! Es weiß nichts davon, dass Zwolle mir das Gift aus dem Mund gesaugt hat. Ich kann das Biest herlocken! Wahrscheinlich steckt es wieder in der Kegelhalle.«

»Aber wie genau willst du es anlocken?«, fragte Kaspar.

»Keine Ahnung«, flötete Charley Gottchen.

»Hm«, sagte Theo. »Lasst uns mal nachdenken. Wenn ich so grübel und tüftel und überlege und sinniere, wenn ich mir den Kopf zerbreche und das Hirn zermartere, wenn ich …«

»Theo! Was denn jetzt?«, schnaubte Adiaba.

»Dann sehe ich«, sagte Theo, »nur eine einzige Möglichkeit.«

»Und die wäre?«

»Donna muss sterben!«, rief Theo.

Alle schwiegen kurz und riefen dann will durcheinander.

»Was?«

»Wieso?«

»Donna?«

»Sterben?«

»Nein, nein«, rief Theo. »Sie muss nicht *wirklich* sterben! Wir müssen nur *so tun, als ob*! So tun, als sei Donna gestorben! Und Franka auch natürlich. Charley bringt die Nachricht von Donnas Tod zur Schwarzen Seele. Dabei lebt Donna natürlich noch. Auf diese Weise locken wir das Böse Biest aus seinem Loch!«

»Aber warum?«, fragte Donna. »Ich verstehe das nicht. Warum sollte das Biest hierherkommen, wenn es glaubt, ich sei tot?«

Theo Rättich hüstelte. »Na ja«, sagte er und verknotete ein wenig die Hände, »es gibt da leider noch eine klitzekleine Sache, etwas sehr Unappetitliches, etwas, das ich euch noch gar nicht erzählt habe. Etwas, das auch im Dunklen Buch stand.«

»Na, dann schieß mal los, Theo!«, rief Charley.

»Also gut. Nun. Äh. Das Böse Biest wächst ja erst, wenn sein Wirt tot ist. Also du, Donna.«

»Ja, das hast du gesagt!«

»Alles klar. Was ich noch nicht gesagt habe, ist Folgendes. Die Frage ist doch: *Wodurch genau* wächst das Böse Biest nach deinem Tod, Donna? Es wächst – leider – zunächst einmal dadurch, dass es etwas ganz Besonderes tun muss!«

»Und was?«, rief Adiaba.

»Hach! Das Böse Biest muss als Erstes seinen toten Wirt – also dich, Donna … Raus damit! Es muss dich *auffressen*, Donna! Mit Haut und Haaren.«

Alle schwiegen wie vom Regen bedröppelt.

»Also pass auf. Das ist mein Plan!«, sagte Theo Rättich. »Wir bestatten dich, Donna. Eine gewöhnliche Luftbestattung. Wir schicken dich gen Himmel. Dabei tun wir nur so, als ob. Das Böse Biest glaubt, du bist *wirklich* tot. Deshalb wird es versuchen, dich zu krallen. Ehe du in die himmlischen Gefilde entfleuchst. Wenn das Böse Biest dann auftaucht, sind wir da und schnappen es uns!«

»Hurra!«, rief Charley Gottchen. »Dann fliege ich zu ihm. Und zwitschere ihm, dass du tot bist, Donna. Und dass wir dich be-airdigen. Wann soll ich das tun, Leute?«

Die Freunde einigten sich darauf, dass die Luftbestattung am nächsten Mittag stattfinden sollte. So konnten alle noch einmal in die Arme des Schlafs sinken, um Kraft zu sammeln. Denn es war bereits enorm spät an diesem Tag. Vorsichtshalber beschlossen die Freunde, alle in einem einzigen Luftloch zu übernachten: Franka, Donna, Adiaba, Zwolle, Theo, Kaspar und Charley. Gut, Charley nahm nicht so viel Platz ein. Kaspar auch nicht, als Eisvogel. Trotzdem: Das Luftloch war pickepacke voll. Auf jeden Fall waren alle beisammen und – sollte das Böse Biest auftauchen – wäre man gerüstet. Abwechselnd würde man Wache schieben.

Noch ein weiteres Bett wurde aufgestellt, und alle machten es sich bequem. Franka und Zwolle hatten endlich Zeit, miteinander zu sprechen.

»Also ich«, ächzte Franka, »glaube … ich muss mich … bei dir … ent… wie heißt das noch mal?«

»Meinst du: entschuldigen?«

»Was? Ich? Wie? Pah!«

»Kein Problem«, sagte Zwolle.

»Na ja. Du hast mir … uns … das Leben gerettet. Ich … danke dir.«

Zwolle sah, wie schwer Franka das Wort über die Lippen kam.

»Ach was!«, sagte er. »Dasselbe hättest du für mich getan.«

»Ja, das stimmt!«, rief Franka.

»Siehst du!«

»Und noch was will ich sagen: Du bist kein Feigling, Zwolle! Das weiß ich jetzt! Sicher!«

»Das wird sich noch rausstellen. Wenn ich gegen das Böse Biest kämpfen muss. Theo sagt, ich bin der Einzige, der das Böse Biest ohne Gefahr anfassen kann!«

»Und Bohorok?«, fragte Franka und nahm Zwolles Hand. »Das ist schlimm, Zwolle. Es tut mir … leid.«

»Ja«, sagte Zwolle. »Aber wir werden ihn wieder zum Leben erwecken.«

»Geht das denn?«, fragte Franka.

»Und ob. Bohorok sagt, wir müssen ihn zum Feuer bringen.«

»Na, dann los!«, rief Franka und sprang auf.

»Nein, nein. Es muss ein bestimmtes Feuer sein. Das Sonnenfeuer der Roten Riesen.«

»Ach du Schande«, sagte Charley Gottchen, der wohl unsichtbar neben ihnen auf dem Bett saß.

»Wieso? Kennst du das, Charley?«

»Nun. Das ist nicht gerade ein Spaziergang. Außerdem leuchtet das Sonnenfeuer nur einmal im Jahr.«

»Nur einmal im Jahr?«

»Zum Johannistag. Das ist erst in fünf Monaten.«

Zwolle seufzte und bedeckte kurz die Stirn mit der Handfläche. Fünf Monate! Er schaute auf den Schrank, in den er Bohorok gelegt hatte, schön eingewickelt.

»Aber jetzt gerade«, sagte Charley, »habe *ich* eine Bitte!«

»Und welche?«, fragte Franka.

Charley druckste eine Weile herum und flötete dann: »Ich wollte euch bitten: Knebelt mich!«

»Knebeln? Wieso das denn, Charley?«

»Versteht ihr nicht? Ich will, ein einziges Mal nur will ich mich selber sehen!«

Zwolle dachte nach. Und ja. Es stimmte. Wenn man sich sein Leben lang noch nie selber gesehen hat, will man das natürlich unbedingt tun, wenn man eine Möglichkeit dazu hat. Also kramte Zwolle einen Fetzen hervor und knebelte Charley, während Franka Adiabas Spiegel holte. Unter dem Knebel erschien Charley Gottchen, die süße, silberne Stimme, und dann hielt Franka ihm den Spiegel vor, und Charley schaute sich mit weit aufgerissenen Augen an, schüttelte den Kopf, zerrte am Knebel, riss ihn selber wieder ab und verschwand aus dem Sichtfeld, aus seinem eigenen und aus dem der anderen.

»Mein Gott, das darf doch nicht wahr sein!«, rief er. »*Soooo* seh ich aus? So klein!? So mickrig!? Ich hab gedacht, ich bin Gott! Ich hab gedacht! Ich bin groß und allmächtig! Und jetzt? Bin ich nur ein Gottchen! Ein kleines Stimmchen! Noch nicht mal golden! Sondern silbern! Das darf doch nicht wahr sein! *Mich selbst* hätte ich mir ganz anders vorgestellt! Was für eine Enttäuschung! Leute, ich muss das ganz schnell wieder vergessen! Das war doch nur ein Traum, oder? Sagt mir, dass ich mich nicht wirklich gesehen habe! Ich bin doch der Größte, oder nicht? Der Einzige? Leute, kommt schon, das war doch bestimmt ein Trick, oder? Einer von diesen miesen Taschenspieler-Spiegeln, oder? Ich bin der Größte, ich bin der Einzige, ich bin, der ich bin, und man darf sich kein Bild von mir machen! Jetzt wisst ihr, warum! Wenn man sich ein Bild von mir macht, das ist ja nichts als eine Enttäuschung ist das!«

Charley zwitscherte hoch zur Stange, auf der Bohorok für gewöhnlich saß, und dort flüsterte er noch eine Weile auf sich selbst ein, ehe irgendwann Ruhe einkehrte im Luftloch Nummer 13, weil endlich alle die Augen schlossen: Zwolle, Franka, Kaspar, Theo Rättich, Donna Brubu, Amadäus Adiaba und ganz am Schluss auch Charley Gottchen, immer noch leicht verwirrt.

24

Ein Mut kommt selten allein

Am nächsten Morgen war die Aufregung in Luftloch Nummer 13 mit Händen zu greifen. Noch einmal besprachen alle den Plan. Die Luftbestattung sollte zur Mittagsstunde stattfinden. Vorher musste Charley zum Bösen Biest fliegen und ihm zuflüstern, dass Donna – angeblich – gestorben sei.

»Okay«, sagte Charley. »Dann sage ich mal tschüss, tschau und Schauer! Ein wenig Angst hab ich schon. Aber es wird wohl gut gehen!«

»Moment mal!«, rief Franka.

»Was ist?«

»Ich hab die ganze Nacht kaum geschlafen. Ich hab das Gefühl, dass wir irgendwas vergessen haben. In unserem Plan!«

»Und was?«

»Erzähl doch noch mal von deinem Kuss, Charley.«

»Leute«, maulte Charley. »Das war eigentlich kein richtiger

Kuss! Zwolle hat mir nur das Gift aus dem Mund gesaugt! Das war ruckzuck vorbei, schon war es weg, das Gift. Nicht der Rede wert, auch nicht für eine Stimme! Und wie gesagt, ihr wolltet doch vergessen, dass es passiert ist, oder nicht?«

Zwolle aber folgte Frankas Bitte und erzählte nochmals von Charleys Rettung.

»Das ist es!«, rief Franka und sprang auf. »Ich hab's. Wir machen einen riesigen Fehler! Wenn wir Charley zum Bösen Biest schicken, ist er verloren!«

»Warum denn?«

»Wir haben etwas vergessen: Das Böse Biest ist eine Seele. Das heißt: Es kann Charley *sehen*!«

»Ja, und?«

»Zwolle! Du hast gesagt: Mit dem Gift hatte Charley *schwarze Lippen*. Jetzt aber – ohne das Gift –, da hat Charley *keine schwarze Lippen* mehr! Wenn das Böse Biest ihn jetzt sieht! Ohne schwarze Lippen! Dann weiß es, dass wir Charley befreit haben. Dann weiß es, dass Charley wieder auf unserer Seite steht. Dann weiß es, dass Charley ihm eine Falle stellt. Das Biest wird Charley wieder fangen. Und noch einmal vergiften!«

Alle schwiegen. Es stimmte. Keiner hatte daran gedacht. Dabei war es naheliegend und offensichtlich.

»Franka!«, sagte Theo Rättich feierlich. »Hiermit verleihe ich dir den Ehrendoktortitel der Universität Eboris: das Goldene Messer. Für besonders messerscharfes Denken! Ich danke dir, Franka. Wenn unser Abenteuer beendet ist, lade ich dich gerne ein, Studentin zu werden in unserer Universität in Eboris.«

»Och nö, lass mal stecken, Alter! Ich steh nicht auf solche verstaubten Bücher. Jedenfalls. Wartet mal kurz.«

Franka hutzelte ins Luftloch Nummer 11 und kam rasch mit einem Lippenstift zurück.

»Hier. Mein Asche-Lippenstift. Malt astreine schwarze Lippen! Komm her, Charley, wir müssen dich noch mal knebeln, um deine Lippen zu schminken.«

»Knebel auf, Knebel ab, Knebel auf«, maunzte Charley. »Das ist aber wirklich das letzte Mal, okay?«

Wie die Menschen unten auf der Erde ihre Toten beerdigen, so müssen das auch die Luftpiraten tun. Keine Erdbestattung, keine Feuerbestattung, sondern: Luftbestattung. Eine solche Beerdigung wird bei den Luftpiraten Behimmelung genannt. Während aber unten auf der Erde die Menschen ihren geliebten Toten die letzte Ehre erweisen, weht bei den Luftpiraten ein anderer Wind.

Nach etwa 400 Luftjahren kündigt sich bei einem Luftpiraten der Tod an. Und zwar dadurch, dass ihm die Augenklappe abfällt. Einfach so. Eines Morgens, nach etwa 400 Jahren, wacht er auf und steht da und merkt plötzlich: Die Augenklappe fehlt! Dann weiß er: Heute noch werde ich entschweben.

»Na, wurde ja auch endlich Zeit!«, sagen die meisten und atmen ein wenig auf, weil das ewige Donnern und Streiten ein Ende hat.

Jetzt holt der todgeweihte Luftpirat eine goldene Glocke aus dem Keller, die eigens für diesen Tag bereitsteht. Er nimmt die Glocke und hutzelt zur Tür seines Nachbarn.

Er klopft.

Er klopft lauter.

So laut und so lange, bis der Nachbar aufmacht.

»Du? Was willst du hier?«, schreit der Nachbar.

Und der Todgeweihte reicht ihm die goldene Glocke.

»Auch das noch!«, sagt der andere und schnauft. »Und wann genau kratzt du ab, Alter?«

»In zwei Stunden und sieben Minuten«, sagt der Todgeweihte, denn Luftpiraten haben eine innere Uhr für Katastrophen.

Der Nachbar mault ein »Bis später!« und knallt die Tür zu.

Wenn zwei Stunden vergangen sind, sieht man den Nachbarn aus der Tür schuffeln, an die Frische-Luft. Er trägt tatsächlich – das ist Tradition – einen schwarzen Umhang. Er seufzt und mault darüber, dass sein gesamter Tag im Eimer ist. Und dann läutet er die Glocke. Die Totenglocke.

Es erscheinen innerhalb kürzester Zeit die Luftgeisterchen.

Das sind winzige hellgelbe Tiere, die gern an allem herumknabbern, furchtbar wuselig und schnell. In der Regel tauchen zunächst nur siebzig bis achtzig der Tierchen auf, die an quirlige Kaulquappen erinnern. Aufgeregt zucken sie in der Luft auf der Stelle und warten. Endlich wird die Tür aufgedonnert und der sterbende Pirat tritt heraus. »Es ist so weit!«, ruft der Todgeweihte. »Noch ein paar Sekunden!«

»Nu mach mal hinne, Alter!«, mault sein Nachbar. »Ich hab nicht ewig Zeit! Und du auch nicht.« Auch dieser gemeine Witz hat Tradition bei den Luftpiraten.

Dann kippt der Sterbende einfach um. Mitten in der Luft. Sein Herzgebrüll setzt aus. Die Flügel an den Flügelfüßchen hören auf zu hutzeln. Der Tote würde jetzt – den Gesetzen der Sterbekraft folgend – nach unten sausen, doch siebzig Luftgeisterchen fangen ihn auf. Nun ist so ein toter Pirat sehr schwer, also müssen sie sich anstrengen, den Piraten in der Waagerechten zu halten.

Der Nachbar zieht den Umhang des Toten aus und bindet ihn fest um dessen Kopf. Das geschieht einerseits, um gefährliche Nachtodes-Blitze oder Nachtodes-Donnerschläge aus Auge und Mund zu bannen, andererseits aber vor allem, damit die Schwarze Seele des Piraten nicht ausbrechen kann aus dem Mund.

Für eine ordentliche Luftbestattung braucht es aber noch viel mehr Luftgeisterchen als schlappe siebzig. Das bedeutet: Der Nachbar läutet mächtig die Glocke. Aus allen Himmelsrichtungen strömen mehrere Hundert Luftgeisterchen herbei und tragen den Toten. Sie tragen ihn weiter nach oben. Der Nachbar hutzelt mit. Und währenddessen läutet er und läutet. Je mehr Luftgeisterchen beim Toten eintreffen, umso stärker wird die Gemeinschaft der Luftgeisterchen und umso schneller schwebt der Tote nach oben. Irgendwann bleibt der Nachbar zurück und stellt das Läuten ein. Man spricht bei den Luftpiraten daher vom *Letzten Geläut*. Was mit dem Toten weiter passiert, weiß man nicht so genau. Er löst sich in Luft auf, sagen die einen. Er wird von den Luftgeisterchen gefressen, sagen die anderen. Das ist beides dasselbe, sagen die dritten. Aber eigentlich ist es den Piraten auch egal.

Gegen Mittag des nächsten Tages spielte sich vor den Luftlöchern Nummer 11 und 13 Folgendes ab: Donna Brubu und ihre Tochter Franka Brubu lagen waagerecht in der Luft. Wie tot. Zwar wurden sie nicht von Luftgeisterchen getragen, sondern von ihren eigenen Flügelfüßen, doch das merkte man auf den ersten Blick nicht. Beide hatten ihre Augenklappen abgelegt, etwas, das Luftpiraten ungern tun, denn die Augenklappe ist fest mit dem Hinterkopf verbunden, und es dauert immer ein paar Wochen, ehe die Klappen wieder anwachsen.

Adiaba trug die goldene Glocke in der Hand. Für Donna. Und

für Franka. Er war ihr Nachbar und musste ihnen das Letzte Geläut erweisen. Neben Adiaba schwebte Zwolle. Beide in schwarzen Umhängen. Kaspar hatte sich in eine unauffällige blaue Himmelhummel verwandelt und saß auf Zwolles Schulter. Theo dagegen befand sich im Innern des Luftlochs Nummer 13 und beobachtete alles von dort aus, die Tür stand ein wenig offen.

Jetzt läutete Adiaba. Wie von Geisterhand strömten die Luftgeisterchen herbei. Fünfzig, sechzig, siebzig Tiere. Sie erinnerten Kaspar an die kleinen Lichtschlucker in der Finsteren Bibliothek. Und tatsächlich hatte Rättich ihm gesagt, dass die Lichtschlucker und Luftgeisterchen miteinander verwandt sind. Die kleinen Wesen flogen jetzt zu Donna und Franka, um sie zu tragen und auch ein wenig anzuknabbern. Adiaba hörte ein vielstimmiges Murmeln.

»Hej, die ist ja gar nicht tot!«

»Die Dicke hier auch nicht.«

»Das schmeckt wie aufgewachte Füße!«

»Ich fress doch nichts, was noch lebt! Igitt!«

»So was ist noch nie passiert!«

»Totenglocke läuten und dann: nichts dahinter!«

»Kommt, lasst und verschwinden!«

Doch Adiaba sagte: »Nein, wartet noch ein bisschen. Könnt ihr uns einen Gefallen tun? Wir *spielen* nur Behimmelung.«

»Spielen!?«, riefen die Luftgeisterchen entgeistert.

»Könnt ihr Donna und Franka ein wenig nach oben tragen?«, bat Adiaba. »Nur ein paar Meter?«

»Der Tod ist kein Spiel! Kommt nicht infrage!«, riefen die Luftgeisterchen empört und sirrten von dannen.

Doch im selben Augenblick erschien das Böse Biest. Mit Charley Gottchen an seiner Seite. Charley hatte das Böse Biest tatsächlich in der Kegelbahn gefunden und ihm vorgelogen, Donna Brubu sei gestorben. Das Böse Biest schoss heran in Windeseile. Von der Seite kam es, aus der Richtung der Luftlöcher. Es stürzte sogleich zu Donna. Schaute sie an. Blinzelte. Die sternförmigen Augen brannten lichterloh. Aus seinem Mund schlängelte eine violette Zunge, lang und glitschig. Vorbei an spitzen und scharfen Zähnen.

Noch ehe das Böse Biest hätte zubeißen können, ertönte plötzlich ein lauter Schrei. Von oben. Auch das Böse Biest drehte den Kopf und sah hoch.

»Donna!«, schrie jemand. »Tot!!?? Nein! Nicht Donna Brubu! Bitte nicht! Meine Angebetete! Die Glocke. Ich habe die Glocke gehört! Ich bin sofort hierher. Mein Engel! Was ist geschehen! Du bist tot! Nein. Du Liebe meines Lebens!«

Der da so schrie, das war: der Große Potz. Jetzt erblickte er das Böse Biest, das über Donna sirrte, mit weit aufgerissenem Maul, und das Biest wollte schon seine Zähne in Donna jagen, doch der Große Potz klappte seine Augenklappe auf und schleuderte einen Potz-Blitz in den Körper des Bösen Biestes. Das Biest schrie auf, leuchtete, keuchte einmal kurz, und dann hatte es den Blitz überstanden. Unbeschadet. Es schwirrte wieder über Donna. Der Große Potz konnte nicht glauben, dass ein so kleines Wesen einen so großen Blitz hatte überleben können.

Das Biest wollte jetzt zubeißen. Aber Donna, sie lebte! Schlug die Augen auf. Beide! Das Biest zuckte zusammen. Fauchte. Schon wurde es gepackt, das Biest, und zwar von Donnas Händen. Und Donna fasste dieses Mal nicht den Körper des Biests, sondern dessen Stachel. Den gefährlichen Stachel am Schwanz. Das Biest konnte nicht weg. Es wehrte sich und schlug mit den Flügeln.

Der Große Potz wusste nicht, was tun. Donna war tot? Und jetzt doch nicht? Und sie kämpfte gegen ihre eigene Seele!? Hm.

Zwolle dagegen stand in der Luft wie erstarrt. Wieder verspürte er diese lähmende Angst vor dem Schwarzen Monster. Wieder war er unfähig, etwas zu tun. Diesmal ärgerte er sich darüber. Denn sie brauchten ihn. Sie alle. Seine Freunde. Sie brauchten seine Kraft. Zwolle rang mit sich. Sprach sich Mut zu. Sprach sich Wut zu. Sah, wie das Biest sein Maul öffnete und zubiss, in Donnas Hand. Und entwischte. Doch kam es nicht weit, denn diesmal hatte Franka es gepackt. Auch sie am Stachel.

Donna und Franka.

Beide kämpften sie *noch einmal* gegen das Biest.

Obwohl sie bereits gestochen worden waren.

Obwohl sie die Gefahr genau kannten.

Obwohl sie dem Tod schon ins Maul geschaut hatten.

Kämpften sie.

Furchtlos!

Und Zwolle dachte: Wenn Franka es schafft, muss ich es auch schaffen!

Schon biss das Biest wieder zu. In Frankas Hand. Und Franka schrie und schaute Hilfe suchend zu Zwolle. Und dann schleuderte sie das Biest mit all ihrer Kraft zwei Meter von sich weg. Drei Meter. In Richtung Zwolle. Das Biest schwirrte jetzt in der Luft. Lachte schrill. Stand dicht vor Zwolles Kopf. Blickte ihn an. Aus sternförmigen Augen. Da schlossen sich zwei weiße Hände um den Körper des Biestes: Zwolle packte zu.

Er war jetzt da. Er war bereit. Er hatte Franka kämpfen sehen. Und er hatte Donna kämpfen sehen. Er hatte ihre Furchtlosigkeit gesehen. Und jetzt folgte er dem Beispiel seiner Freunde. Er legte sie ab, seine Angst. Und griff zu.

Das Böse Biest in seinen Händen schrie vor Schmerz. Es wand sich und stach und biss wild um sich. Doch Zwolle hielt es einfach fest. Eisern. Die Stiche und die Bisse schmerzten ihn nicht. Er wusste: Das Gift aus dem Stachel käme nicht in ihn hinein. Das Biest zappelte, zeterte, wuselte in seiner Hand, schleuderte böse Blicke. Doch schien es rasch zu merken: Es kam hier nicht weg. Es hatte keine Chance gegen einen Weißen Luftpiraten.

Mit einem Mal hörte es auf zu kämpfen. Einfach so. Von einer Sekunde auf die nächste. Das Biest streckte die Flügelstummel aus. Die Hände und die Beine. Es ergab sich in sein Schicksal. Senkte den Blick.

»Der Käfig!«, rief Adiaba zu Rättich ins Luftloch.

Theo Rättich brachte den aus Blitzglas hergestellten Käfig.

Die Schwarze Seele drehte den Kopf und sah den Käfig: Noch einmal leuchtete ihr Blick. Und dann – ruckartig und irre schnell – wurde die Schwarze Seele *kleiner*! Ganz plötzlich. Mit allem hatte Zwolle gerechnet, aber nicht damit. Die Schwarze Seele wollte doch *wachsen*! Jetzt aber tat sie das Gegenteil: *Sie schrumpfte!* Ja, die Seele schrumpfte auf die Größe eines Spatzes.

Sie war auf einen Schlag so klein, dass Zwolle sie nicht halten konnte. Die Seele flutschte ihm aus den Händen, sie befreite sich selbst, und sie schnurrte durch die Luft, lachte noch einmal böse auf und stürzte sich dann an den einzigen Ort auf der Welt, an dem sie sicher wäre vor dem Käfig, an den einzigen Ort auf der Welt, an den sie hingehörte, an den einzigen Ort auf der Welt, an dem niemand sie jemals wieder würde fangen können: Sie stürzte zu Donna Brubu! Donna riss erschrocken den Mund auf, das Böse Biest aber lachte ein letztes Mal, und dann schoss es rasend schnell durch Donnas geöffnete Lippen und durch den Mund in den Schlund: Und schon war Donna Brubus Seele wieder dort, wo sie hergekommen war. Obwohl die Schwarze Seele jetzt kleiner war, spürte Donna ganz kurz einen ungeheuerlichen Schmerz. Genau in dem Augenblick, als das Biest mit seinen Stummelflügeln durch ihren Hals schabte. Donna entließ einen Brüller aus ihrer Brust und donnerte den Schmerz nach draußen.

Dann war es für eine Sekunde still.

Alle schauten Donna an.

Sie hatte ihre Seele verschluckt.

Die Seele saß wieder in ihr drinnen.

Im selben Augenblick hutzelte der Große Potz zu Donna und kniete sich in die Luft und sagte: »Donna! Oh, du größte Donnerin aller Zeiten! Ich habe es soeben wieder gehört. Dein herrliches Gebrüll! Und ich muss dir sagen: Ich liebe dich! Sehr sogar! Und ich habe zu lange gewartet, dir das zu sagen! Ich möchte Kinder mit dir! Weißt du noch? Durch Be… also … rühr … äh …! Ich möchte mit dir … in einem Luftloch … äh … leben! Ich möchte alles tun, was auch du willst. Ich möchte dich … Man nennt es: heiraten! Ich möchte, dass du meine Frau wirst! Meine Angetraute! Donna Brubu! Ich halte hiermit um deine Hand an. Was sagst du?«

So etwas hatte es in der Geschichte der Luftpiraten noch nie gegeben: Es war der allererste Heiratsantrag eines Luftpiraten überhaupt. Die Freunde starrten mit aufgerissenen Augen zu Donna Brubu. Die wischte sich den Mund ab, als hätte sie gerade etwas Schlechtes gegessen. Offensichtlich war der Augenblick des Seelenschmerzes verflogen. Dann schaute sie zum Großen Potz, und Zwolle sah, wie in Donnas Blitzauge wieder ein Flämmchen züngelte und wie sich ihre Stirn umwölkte mit Gewitterbalken, und wie das Grau ihrer Haut wieder ein wenig grauer wurde, und dann brüllte Donna: »Das könnte dir so passen, du Potzlappen!!! Das ist doch der Gipfel der Beleidung! Heiraten!!! Du kannst mir mal die Knolle bügeln! Ich kann dich ordentlich *schreiraten*! Aber heiraten? Niemals! Du lächerlicher Zwerg von einem Potzloch!«

Donna, so kannte man sie.

Die alte Stänkerin und Brüllerin.

Mit ihrer Schwarzen Seele in der Brust.

»Na, Gott sei Dank!«, murmelte Adiaba zu Rättich. »Ich glaube, ich mag die alte Donna ein bisschen lieber!«

»Hurra! Mama! Da bist du wieder!«, rief Franka.

Zwolle dagegen seufzte.

Dann aber geschah Eigentümliches. Donna wurde auf einmal wieder mild. Sie klimperte mit den Augen, ihre Stimme säuselte, sie war ganz zahm und brav, ganz ruhig und ausgeglichen. Ja, Donna schien hin- und hergerissen zwischen den zwei Herzen in ihrer Brust. Zwischen ihrer Schwarzen Seele und der in den letzten Wochen neu entdeckten Sanftmütigkeit. Ja, ihre Schwarze Seele war wieder zurück, aber sie war auch kleiner als zuvor! Und schien sich nicht immer durchsetzen zu können in ihr. Gegen die andere Seite, die helle, leuchtende, liebenswerte Donna.

»Du willst mich heiraten?«, flüsterte die Leise Donna daher säuselnd. »Aber das ist ja wunderbar!«

Der Große Potz wusste nicht mehr, wo ihm der Kopf stand. Er brauchte eine Weile, sich zu sortieren. »Oh, Donna«, jubelte er. »Wirklich! Du willst mich heiraten? Nein! Was für eine Freude!«

»Wir könnten schon heute Abend feiern«, sagte Donna.

»Auf gar keinen Fall!«, donnerte der Große Potz plötzlich.

Und jetzt entspann sich ein überaus merkwürdiges Gespräch zwischen Donna Brubu und dem Großen Potz.

Denn *sie beide* waren hin- und hergerissen.

Zwischen Liebe und Kälte.

Zwischen Nähe und Ferne.

Zwischen Ja und Nein.

Zwischen Zuneigung und Abneigung.

Zwischen Säuseln und Donnern.

Und sie beide wussten nicht, in welcher Stimmung der jeweils andere gerade war. Man könnte sagen: Die meist Zeit redeten sie aneinander vorbei. Einer laut, der andere still. Oder umgekehrt.

»Hast du keinen Ring?«, säuselte die Leise Donna.

»Was, Alte? Du willst ringen? Kämpfen?«, rief der plötzlich wieder Laute Potz. »Lächerlich!«

»Nein. Einen Ring meine ich. Für den Finger.«

»Warum das denn?«

»Zum Zeichen deiner ewigen Liebe, Potzibärchen!«

»Papperlapapp!«, rief der Laute Potz zornig. »Jetzt schlag schon ein! Ich will doch nur um deine Hand anhalten! … Mach keine Zicken, du Schnepfe! … Gib mir deine Hand und gut ist!«

»High five?«

»Oh, du bist so schön, Donna!«, sagte jetzt der wieder überaus Liebe Potz.

»Von wegen!«, donnerte ihm von der anderen Seite die Laute Donna entgegen, da die Schwarze Seele in ihr gerade wieder die Oberhand gewann. »Heiraten!? Heute Abend? Ja, leck mich doch am Schnarch! Alles, was du von mir kriegst, ist ein Tosen und Toben! Ein Brüllen! Ein Kreischen! Ein Schreien! Ein Krachen! Ein Knallen! Ein Donnern! Nicht mehr und nicht weniger, du Potzgeheuer!!«

»Oh, das klingt gut!«, säuselte der Liebe Potz. »Das klingt nach einem richtig schönen Polterabend!«

Und so ging es noch eine Weile weiter.

In Zuneigung und Abneigung.

In Anhimmelung und Abhimmelung.

In Zugewandtheit und Abgewandtheit.

Zart und hart.

Die Freunde ließen die beiden dort draußen stehen und sich wechselweise anhimmeln und andonnern und schwebten zurück ins Luftloch Nummer 13. Wo Adiaba und Rättich ein köstliches Mittagessen kochten. Denn das hatten sich alle wahrlich verdient.

25

Der Ausgleich liegt in der Luft

Vier Wochen später fand das allererste Flugballspiel in der Geschichte Ätherias statt. Es war das Eröffnungsspiel der Saison und das Endspiel zugleich. Es gab nur dieses einzige Spiel. Spitz oder Knopf. Hopp oder topp. Sieg oder Niederlage. Es ging um alles. Oder nichts. Franka und Zwolle hatten zwei Flugball-Teams gegründet. Die Skyblues gegen die Red Devils. Die Luftpumpen des Himmelsstürmers hatten ihnen Bälle zum Trainieren gepumpt, und Donna hatte in ihren ruhigen Momenten Trikots genäht.

»Flugball ist großartig!«, sagte Zwolle. »Die Luftpiraten spielen in einer Mannschaft miteinander! Sie lernen endlich mal Teamgeist! Zusammenhalt! Gemeinschaft!«

»Aber gleichzeitig«, schrie Franka, »gibt es auch einen Gegner! Gegen den wir gewinnen müssen! Eine erbitterte Feindschaft! Klasse!«

»Echt?«

»Ja!«, rief Franka. »Wir machen euch platt!«

»Von wegen!«, rief Zwolle. »Ihr kriegt eine Klatsche!«

»Eine Packung gibt's!«

»Eine Abreibung!«

»Wie die begossenen Pudel werdet ihr vom Platz schleichen!«

Und dann mussten beide lachen.

Trotz all der Beruhigungstabletten und Gute-Laune-Tees und all der Stimmungs-Aufheller herrschte ein heilloses Gedrängel und Geschubse, bis die Luftpiraten-Zuschauer auf ihren Plätzen saßen. Es trafen sich zwei Gruppen von Hooligans in der Arena. Die einen trugen rote Kutten, die anderen himmelblaue.

Beide Mannschaften saßen unterdessen in den Umkleidekabinen. Donna Brubu war gerade in einer Phase äußerst schlechter Laune und machte die eigenen Mannschaftskameraden richtig rund. Es war eigentlich die Schwarze Seele, die aus ihr sprach: »Wenn einer von euch Schlappschwänzen glaubt, dass ihr euch da draußen auch nur eine einzige Sekunde lang ausruhen könnt, dann lernt ihr mich kennen! Ich erwarte Einsatz! Bis auf den letzten Blutstropfen! Ihr sollt grätschen und kämpfen! Ihr müsst den Flaschen zeigen, wer hier Herr im Haus ist.«

»Meinst du Frau im Haus?«, säuselte der Große Potz.

»Schnauze!! Wenn man foult, Leute, dann kriegt man eine Gelbe Karte! Ich will, dass wir nach fünf Minuten fünfzig Gelbe Karten haben, ist das klar?«

»Mama«, sagte Franka. »So läuft das nicht. Nach drei Gelben Karten fliegt man runter. Nach zwei Roten Karten oder einer Violetten Karte auch!«

»Mir doch egal, wo die hinfliegen! Ihr haut die Saftsäcke aus den Flügel-Latschen, Kameraden! Verstanden?«

Franka seufzte.

In der gegenüberliegenden Kabine ging es ruhiger zu. Theo Rättich sagte gerade: »Ihr müsst mit dem Kopf spielen. Ruhig den Gegner auch mal kommen und ins Leere laufen lassen. Und dann, zack! Auskontern! Nadelstiche setzen. Statt Blitze!«

Zwolle seufzte. »Also kämpfen müsst ihr schon auch ein bisschen, Freunde.«

Endlich begann das denkwürdige Spiel. Die Mannschaften liefen ein. Da hörten sie alle eine Stimme. Eine Stimme, die Zwolle nur allzu gut bekannt war, die Stimme, die Zwolle inzwischen mochte wie keine andere Stimme, nun ja, es war auch die einzige reine Stimme, die er kannte: Es war die Stimme Charley Gottchen. Der hatte die ganze Zeit überlegt, wie er selbst am Spiel würde teilnehmen können, und am Schluss war ihm das Einfachste eingefallen, was es gab: durch Sprechen! Na klar! Was sonst könnte eine Stimme schon tun?

»Guten Tag, Freunde der Sonne, ich begrüße hier und heute alle, die sich eingeschaltet haben beim Radio Regenbogen, um mir zu lauschen, mir, Charley Gottchen, dem ersten und einzigen Flugball-Reporter in Ätheria. Die Regeln sind schnell erklärt. Man muss den Ball in die Maschen jagen. Jedes Tor wird gezählt. Wer mehr Tore schießt, gewinnt. Ein Foul gibt Freistoß. Ein Foul im Strafraum gibt Elfmeter. Mehr müssen Sie gar nicht wissen.

Da kommen sie schon! Begrüßen Sie die beiden Mannschaften mit einem donnernden Applaus. Erheben Sie sich von Ihren Sitzen und jubeln Ihren Helden zu. Das wird ein erbittertes Gefecht, ein Match auf des Messers Schneide. Gespielt wird einmal fünfzehn Minuten. Ohne jede Pause. Sonst geht den Spielern die Puste aus.

Und da, auf der rechten Seite, da stehen sie, wild schnaubend, wüst brüllend, die Roten Teufel, die Red Devils, in Weinrot, wie die wilden Stiere, schon jetzt qualmt ihnen der Dampf aus den Nüstern. Und hier die Mannschaftsaufstellung der Red Devils. Die Nummer 1 im Tor: der Große Potz. Abräumerin vor der Abwehr, mit hochgekrempeltem Trikot: Donna Brubu. Als Stürmerstar: Franka Brubu, ihre Tochter. Auf den Flügeln die Luftpiraten Chinook und Poorga.

Und hier! Leute! Ihnen gegenüber, da sehen Sie auf der anderen Seite: die Skyblues, die Himmelblauen! In vorderster Front Zwolle, unser Weißer Luftpirat. Das Abwehrbollwerk bilden

Adiaba und das Känguru Kaspar. Im Tor … äh … sehen wir … Da müssten wir eigentlich Theo Rättich sehen. Aber der scheint gerade mit was anderem beschäftig zu sein. Wo ist er? Da! Hier! Er kriecht auf dem Boden! Offensichtlich hat er gerade einen Wurm gesichtet, einen Holzwurm. Und ist ihm auf den Fersen! Theo! Hallo! Bist du fertig? Das ist ein Holzweg! Du musst … Ach, weiter! Bei den Skyblues gibt es nur eine einzige Außenstürmerin, das ist die Luftpiratin Yamase. Schiedsrichter der Partie ist … was? … ein Wetterhuhn? Auch ein blindes Huhn findet mal eine Pfeife!

Los geht's. Der Pfiff ertönt. Anstoß! Donna Brubu erhält die erste Gelbe Karte nach zwei Sekunden. Donna! Du sollst den Ball anstoßen, nicht den Gegner! Da kommen sie schon, da laufen sie, da grätscht Donna ins Leere, hach, wie elegant Zwolle über die Seite hutzelt, Flanke in die Mitte, Flugkopfball von Yamase! Drüber! Knapp! Die erste Chance des Spiels geht an die Skyblues.

Jetzt Abstoß Potz. Potz zu Donna. Donna zu Franka. Was macht Franka? Sie hutzelt nach oben mit dem Ball am Fuß. Eine taktische Variante. Sie macht das Spielfeld höher. Und breiter. Sie gewinnt Raum. Gut ausgedacht. Da ist noch Luft nach oben! Aber Kaspar verwandelt sich in einen Luchs! Und er luchst ihr den Ball ab. Er ist im Vorteil. Mit vier Beinen! Hier wird nicht lange taktiert und abgetastet, das Spiel ist ein offener Schlagabtausch!

Wie elegant sie unterwegs sind! Sie hutzeln, surfen, schuffeln oder laufen nicht nur. Sie schweben, dribbeln, tänzeln, schleichen. Der Ball wird durchgesteckt zu Zwolle. Adiaba kommt mit nach vorn. Jetzt sind sie hinten offen für Attacken. Aber die Skyblues bleiben in Ballbesitz. Und Zwolle wird bedrängt. Er macht eine Täuschung, ein Rainbow-Trick, mit der Hacke lüftet er den Ball über Donnas Kopf, wunderbar, jetzt ist er frei und zieht ab! Zack! Schuss! Ein Knaller! Ein Kracher! Tooooor! Unter die Latte! Ein Schuss wie ein Strich!! Ein Supertor von Zwolle! Er macht einen Salto. Einen Moonwalk. Rasende Begeisterung bei den Fans. Zwolle! Was für eine Lichtgestalt im Flugball!

Doch die Skyblues haben die Rechnung ohne Donna Brubu gemacht. Wie eine Walze dampft sie durch die Reihen der Gegner. Ein Doppelpass. Mit Franka. Gut! Sehr schön. Sie läuft auf das gegnerische Tor zu. Nur noch Theo Rättich steht da. Rättich läuft raus. Auf Donna zu. Er verkürzt den Winkel. Donna umdribbelt ihn. Sie steht jetzt frei vor dem Tor! Das müsste der Ausgleich sein. Aber Donna schießt nicht. Sie bleibt stehen. Was macht sie denn da? Ist sie von allen guten Geistern verlassen? Ist ihr die Puste ausgegangen? Schieß doch! Schieß doch! Donna! Das Tor ist leer! Nein. Sie bückt sich. Sie nimmt den Ball in die Hand. Sie geht zurück zu Rättich. Hilft ihm auf. Reicht ihm den Ball. Nein. Das ist … Sie erlebt einen *Stimmungsumschwung*. Aus der Lauten Donna ist die Leise Donna geworden. Mit der Leisen Donna haben die Red Devils keine Chance. Sie sieht die zweite Gelbe Karte. Wegen Handspiel. Bei drei Gelben Karten ist es vorbei für sie. Donna Brubu wird ausgewechselt. Sie winkt allen von der Bank. Lächelt! Sie drückt sogar den Gegnern die Daumen. Um Himmels willen!

Das Spiel läuft weiter. Es wogt hin und her. Keine Atempause. Die Red Devils machen jetzt mächtig Dampf. Über Franka, die erneut in die Luft geht, Adiaba rückt ihr auf den Leib, und Franka fällt, sie fällt wie vom Blitz getroffen zu Boden. Foul!, rufen die Fans der Red Devils. Und der Schiedsrichter, er pfeift! Elfmeter! Strafstoß! Schiri, das war doch kein Foul! Da war überhaupt kein Blitz im Spiel! Nein! Franka! Sie ist vom Himmel gefallen wie eine Hochluft-Schwalbe! Schwalbe! Schwalbe!, rufen die Fans. Das stinkt zum Himmel! Aber da ist nichts zu machen. Der Strafstoß wird gegeben. Franka Brubu tritt selber an. Schuss. Und? Drüber! Sie schießt das Ding in die Wolken! Nein, die Wolken liegen ja unter uns! Sie schießt das Ding in den Himmel! Franka ärgert sich mächtig! Es heißt: Die Gefoulte sollte nie selber antreten!

Weiter geht's. Franka. Wieder Franka. Mit Wut im Bauch. Noch mehr Wut als ohnehin. Sie setzt ihren Körper ein, gewinnt den Zweikampf gegen Zwolle, sie erobert den Ball, sie bricht durch. Steht allein vor Theo Rättich. Muss nur noch Theo überwinden! Theo! Was macht er!? Theo läuft aus dem Tor! Aber er läuft nicht zu Franka! Er läuft in die andere Richtung. Er hat etwas gesehen! Da fliegt sie! Eine gelb-schwarze Wespen-Taillen-Fliege. Äußerst selten in diesen Breitengraden. Das darf sich ein

Wissenschaftler nicht entgehen lassen. Rättich schnappt nach der Fliege. Aber Franka schießt zugleich ein Tor!!! Theo! Nein! Was für ein Torwart! Was für ein Fliegenfänger!! Hilfe! Franka macht ihren Fehler wieder gut. Der verschossene Elfer ist vergessen.

1:1 steht es. Das Spiel geht weiter. Jetzt werfen die Skyblues alles in die Waagschale. Wieder tankt sich Kaspar durch, schickt Adiaba, Flanke, Zwolle kriegt den Ball, muss noch einen Haken schlagen, hat freie Schussbahn, da stürmt der Potz aus seinem Tor, und er tritt nach dem Ball, aber er tritt ein Luftloch, ein Luftloch ins Luftloch, ein Luftlochloch, und Zwolle tunnelt ihn, tunnelt den Potz, hat man so was schon gesehen, der Ball rollt auf das Tor zu, auf das leere Tor, und er wird gleich einschlagen, aber nein, etwas anderes schlägt ein, ein Blitz schlägt ein, in den Ball, und der Ball, er platzt, so platziert ist er geschossen, und jetzt platzt er! Franka hat geblitzt, ein übles Foul, Blitzspiel wird mit der Violetten Karte geahndet, Franka ist draußen, sie fliegt vom Platz, sitzt neben ihrer Mutter auf der Bank und wird von Donna getröstet.

Jetzt, in Überzahl, nein, das werden sich die Skyblues nicht mehr nehmen lassen. Aber was ist das? Der Potz verlässt das Tor, sie spielen mit fliegendem Torwart, ein Wahnsinn! Damit haben die Skyblues nicht gerechnet, Potz stürmt wie der Teufel, er steht vor Rättich, der Fliegenfänger gegen den Fliegenden Torwart, und Potz schießt, knallt, donnert das Ding mit aller Kraft in den Winkel! Theo kann nur noch hinterherschauen. Tor!! Tooor!!! Für die Red Devils!!! Was für ein Spiel! 2:1!!!

Es sind nur noch drei Minuten zu spielen. Mein Gott, die Skyblues legen los, zick, zack, der Ball flitzt nur so durch ihre Reihen, als wäre ein Magnet drinnen, der reinste Zicki-Zacka, sie schwärmen aus wie die Himmelhummeln, die Red Devils werfen alles dagegen, was sie haben, eine regelrechte Abwehrschlacht, aber sie wissen nicht mehr, wo ihnen der Kopf steht, sie stolpern hinterher, zick und zack und Doppelpass und Flanke und zurück, die roten Teufel werden regerecht schwindelig gespielt! Der Ausgleich liegt in der Luft! Man kann ihn förmlich riechen, Freunde der Sonne!

Adiaba täuscht an, Finte, Pass auf Kaspar, Zwolle, was macht Zwolle jetzt, er fliegt hoch hinauf an den Himmel der Arena, dort hängt er, ein hängender Stürmer, noch sechzig Sekunden, was hat er vor, er lässt sich fallen, Zwolle, in die Tiefe, fällt wie eine reife Glühbirne vom Himmel, Kaspar flankt, und im Fallen, rückwärts zum Tor, quer in der Luft liegend, da feuert Zwolle ab, so was hat man noch nie gesehen, ein Raunen geht durchs Publikum, ein Fallrückzieher! Tor! Tooor! Direkt ins Dreieck! In die Maschen!! Das Tor des Jahres!! Tooor!! 2:2!!!

Die Zuschauer rasten aus. Eine ohrenbetäubende Atmosphäre, atemberaubend! Was macht der Schiedsrichter? Pfeift er noch mal an? Nein! Aus! Aus! Das Spiel ist aus! 2:2. Mit dem Schlusspfiff. 2:2 gewinnen die … äh … Nein! Mit 2:2 schlagen die … äh …

Nein! 2:2 trennen sich die Mannschaften. Keiner gewinnt. Keiner schlägt. Keiner vernichtet! Freunde! Das Spiel endet *unentschieden*. Vollkommen ausgeglichen! Aber was passiert jetzt hier unten in der Arena? Eine Rudelbildung! Bengalische Feuer! Verbotene Pyrotechnik aus den Augen! Die Luftpiraten-Hooligans stürmen den Platz, die Red Devils gegen die Skyblues, au Mann, das gibt ein paar blaue Veilchen und rote Schürfwunden, nein, die Spieler haben alle Hände voll zu tun, die aufgebrachten Zuschauer zu beruhigen, aber so sind sie halt, unsere Luftpiraten, immer für einen Zwist gut. Am Ende müssen sie verstehen: Es gibt keinen Sieger! Zwolle hat in letzter Sekunde ausgeglichen. Freunde, ich weiß, ein Unentschieden, das schmeckt euch nicht! Unentschieden, das ist langweilig. Öde. Der Nachteil ist: Niemand hat gewonnen. Aber schaut mal her. Der Vorteil ist: Niemand hat verloren!

Donna Brubu versucht zu schlichten, sie und der Große Potz und Adiaba, sie gehen auf die aufgebrachten Luftpiraten zu. Ja, sie schaffen es. Und alle Piraten stellen sich jetzt auf, das glaubt man kaum, die Roten und die Blauen Zuschauer, zwar immer noch sauber getrennt, aber sie reißen sich zusammen, hat man so was schon gesehen?

Und vor ihnen stehen die beiden Mannschaften: die Skyblues und die Red Devils. Ein Spieler zwischen dem anderen, rot-blau vermischt, Donna Arm in Arm mit Adiaba, der Große Potz Arm in Arm mit Theo, und Franka Brubu Arm in Arm mit Zwolle und Kaspar! Was für ein Bild! Gemeinsam halten sie den Pokal in die Luft! Da ist das Ding! Beide Mannschaften haben es zugleich gewonnen.

Und ich, Freunde des Südens, ich verabschiede mich, ich bin sicher, es wird weitergehen, vielleicht sogar gegen ganz andere Mannschaften! Wir könnten die Luftpiraten unserer benachbarten Luftstädte einladen: Aperta, Wosdog und Datschi. Zu einem Blitzturnier! Bis dahin! Macht's gut, Leute! Und Charley Gottchen ruft euch zu: Egal, was passiert! Ahoi! Ahoi! Bleibt immer bei Stimme!«

© Olaf Kutzmutz

Markus Orths, geboren 1969 in Viersen, lebt als Autor in Karlsruhe und veröffentlichte 12 Bücher für Erwachsene, zuletzt den Roman »Picknick im Dunkeln« im Carl Hanser Verlag. Er ist Vater von drei Kindern. Daher sind die Kinderbücher zunächst für seine eigenen Kinder entstanden. Und wachsen mit ihnen. Nach einigen Büchern für Kinder ab 6 folgt nun das zweite Buch für Kinder ab 9. Im Frühjahr 2022 erscheint ein neuer Kinderroman ab 10 Jahren: Baddabamba.

Lena Winkel, geboren 1993 in Betzdorf (Sieg), wollte eigentlich Pokémon-Erfinderin werden. Sie studierte also Illustration in Hamburg und Paris und geriet dabei auf Abwege! Jetzt macht sie Kinderbücher und Comics und zeichnet natürlich am liebsten nicht-menschliche Tiere.

Donner-
dackel
Monsunkrokodil
Sturmschild-
kröte
UR-
KNALL
WUFF!
Wetter-
huhn
Wind-
hunde
Blitz-
schleiche